kill⁴er

殺手

流離尋岸的**花**

九把刀Giddens：編導

殺手三大法則

一、不能愛上目標，也不能愛上委託人。

二、絕不透露出委託人的身分。除非委託人想殺自己滅口。

三、下了班就不是殺手。即使喝醉了、睡夢中、做愛時，也得牢牢記住這點。

殺手三大職業道德

一、絕不搶生意。殺人沒有這麼好玩，賺錢也不是這種賺法。

二、若親朋好友被殺，也絕不找同行報復，亦不可逼迫同行供出雇主的身分

三、保持心情愉快，永遠都別說「這是最後一次」。

楔子

這個世界上，有很多人。
很多際遇。
不是我們能想像。
置身事外就是種幸福。

這個故事，是我輾轉聽來的。

算一算，大概是第四手。

他在說這個故事的時候，用的是戲謔的語氣，但他不痛不癢、刻意與故事保持距離的聲音，卻意外讓故事裡的人有了溫度。

卻讓聽故事的我漸漸失去了表情。

每想起一次，就會有一個下午的時間無法寫作。

提了很多次，我不會抽菸，也沒想過就這麼開始。

不抽菸，總是比那些吞雲吐霧的人少了一種排遣悲傷的方式，很虧。

就像《紅線》裡的彥翔，我試過點了菸不抽，就這麼擺在旁邊讓它燒。

後來我也不這麼做了。

連假裝喜歡也省下。

「不過是別人的事。」他用挑釁的眼神，諷笑我的多愁善感。

嗯，不過是別人的事。

1

「小恩」當然不是她的本名。她的名字裡甚至沒有一個恩字。

開始使用這個名字，是她在網路上的暱稱。

這麼沒有特色的暱稱當然不是她自己取的，她原本註冊在網路遊戲裡的名稱是「烈吻天使」。說起來也不是很高明，卻花了她在電腦前苦思十幾分鐘。

「天使安安。」

「嗯。」什麼是安安？

「天使今年幾歲啊 >///<」

「嗯。」……後面那一串是什麼東西？

「看泥還在穿青銅天甲，素新手吧？要不要偶帶妳練 >o<」

「嗯。」這麼好心？

「天使是國中生還是高中生啊？」

「嗯。」最討厭這種問題了。

她接觸電腦才沒多久，打字超級慢，尤其一邊打怪一邊還要回答問題，左支右絀，她根本辦不到。

但她其實很高興有人搭理，於是無論如何也要打個「嗯」字虛應一下。

有的網友覺得她愛理不理也就沒繼續問下去，卻也有老手察覺到她多半是貨真價實的新手才會這樣，特別愛逗她。

「天使真的是女生吧？」

「嗯。」怎麼大家老是在問這一題？

「滿十八歲了嗎？」

「嗯嗯。」其實還沒，才十六。

「太好了！請跟我約會好嗎？」

「……」其實有點期待。

這種漫不經心的嗯嗯嗯回答，於是同公會的戰友們就管她叫小嗯，叫她烈吻天使或天使的反顯得生疏。

久了，小嗯的打字速度快了，也不再嗯嗯嗯個沒完，後來加入公會的新手們便以為小嗯是錯誤的叫法，小恩才是正確的拼字。

再一次糊裡糊塗的，小嗯就變成小恩了。

小恩挺喜歡這個名字，因為這個名字是大家有志一同叫出來的，雖都是不認識的人，卻有一種特別的溫暖。

後來註冊在別的線上遊戲裡的暱稱也叫小恩。

「小恩，我想見妳。」某天，世界的另一頭敲下鍵盤。

「想見我？你又不是我的公。」小恩看著螢幕上，那位拿著加四焰矛的獸人。

「見妳是我生日唯一的願望，想跟妳一起吹蠟燭……」獸人揮舞著加四的焰矛。

小恩有些感動。

2

跟網友第一次出去充滿了新鮮感，雖然一見面就感到失望。

那網友自稱要小恩陪他過二十歲生日，但看起來至少有三十幾歲，還有個讓人搖頭的中年小腹。

可笑的是，從頭到尾沒有看到生日蛋糕，只有桌上那一打冰啤酒。

「喝吧，今天我們不醉不歸。」網友摟著她。

「不歸？要去哪？」小恩有些侷促。

「喝醉的人哪管去哪？哈哈，祝我生日快樂啊！」

就在充滿嗆人菸味的**KTV**裡，小恩莫名其妙「弄丟」了她的第一次。

醒來時只覺得頭很痛，很後悔明明知道可能出事，卻還是喝下那些看來有些混濁的酒……讓她除了下體紅腫外，根本沒有特別的感想。

一點印象也沒，這種事教小恩難以忍受。

「笑一個。」網友拿著相機，將她虛弱的兩腿打開。

「……」小恩努力露出笑容。

拍完了，又做了一次。

這次是在廉價的汽車旅館，結結實實地。

「原來這就是做愛。」小恩左眼看著天花板，抹去右眼上的白液。

「還有什麼不懂的，我能教就盡量。」網友喘氣，渾身是汗。

網友人很好，沒有在這種時候丟下她，而是跌跌撞撞跑下床，一邊稱讚，一邊拿起相機繼續拍她狼狽不堪的臉。

他說這是一種愛的表現。

她相信了。

小恩其實心甘情願，甚至還賴著「男友」不走。

男友那間髒亂又窄小的老舊公寓租房，比冷清清的家裡還要溫暖得多。

男友說什麼，小恩都會照辦。

男友要她學姿勢，學技巧，學叫，小恩會目不轉睛盯著A片學。

男友要她蹺課幫角色練功，她乾脆偽造那個生她的女人的簽名，申請退學。

甚至這位已經重複過了十三次二十歲生日的男友，將她丟給他的好朋友輪流享用，小恩也沒有動過離開他的念頭。

「拜託一下啦，阿細仔跟我跟很久了，他明天就要去當兵啦，趁現在快點轉大人，去部隊裡才不會被欺負。」男友從後面將她的胸罩解開，還故意往上用力托了一下。

阿細仔興奮地看著小恩剛剛發育的胸部，伸手就捏。

小恩只好把頭低下。

「大嫂，妳真夠意思。」阿細仔猴急地脫下褲子。

「……快點。」小恩閉上眼睛，只求時間快點過去。

但沒有那麼容易。

阿細仔好像事先在生殖器上塗了藥膏，並沒有很快結束，在男友的鼓勵下還變換三種姿勢，每一種姿勢都留下了精彩的寫真。

深怕男友失望，小恩很努力不讓眼淚掉出來，甚至還配合地呻吟了幾聲。

完事後，躺在床上的小恩看見阿細仔一邊拉上褲子，一邊數了三張鈔票給男友。走之前還不忘對著她笑，豎起大拇指。

小恩轉過頭，不想回應。

「那是營養金，讓妳補身體用的。」男友關上門，立刻衝上床摟住全身發抖的小恩：「我們今天晚上吃好料的，都是妳的功勞喔。」

小恩一怔，猛點頭，好高興。

她最喜歡被稱讚了。

接下來是阿聰、大砲誠、屎猴、兩撇阿標、掰咖王……

還有幾個連男友都叫不清楚名字的好朋友。

很巧，他們都是處男，也都是入伍在即。

也同樣表現得相當賣力。

小恩逆來順受，想像壓在身上蠕動的是男友，讓自己更投入。

為了讓男友有面子，她每次都假裝自己很享受，一次比一次裝得更像。

有時還主動用嘴。

你也許會覺得小恩是個傻女孩，甚至瞧不起她，認為「賤」這個字簡直就是為她發明的。

如果你當著小恩的面這樣說，她也不會反駁。

她並不是笨，只是很安心自己有人喜歡，有人誇獎，有人可以收留。

很多愛情小說不都這麼寫的嗎？能找到一個令自己無怨無悔付出一切的男人，就是女人一生的幸福。而現在，小恩的確付出了一切，也的確無怨無悔。

這不是幸福是什麼？

直到某天在男友的電腦檔案夾裡，看到男友跟別的女網友一起在床上「過生日」的最新畫面，小恩才懂得哭。

哭，一直哭，哭著哀求男友不要再跟別的女人亂搞了。

「你要我做什麼都好，我什麼都願意……」小恩抽抽咽咽：「但你是我一個人的好不好，我真的不能接受你跟別的女人做愛……」

「做什麼都好嗎？」男友嫌惡地推開她，鼻涕都黏到衣服上了。

「做什麼都好。」小恩哭到快沒力氣了。

「包括讓別人上妳嗎？」男友轉身玩電腦，看都不看她一眼。

小恩哭著點頭，用力抱住男友，卻還是被一把推開。

「婊子。」男友看著螢幕冷笑。

「……」小恩像是無法理解這個名詞。

「誰都可以上妳，妳不是婊子，誰是？」男友冷冷地說。

「就算是，也是為了你啊……」小恩號啕大哭。

男友不知哪來的怒氣，像提著裝滿嘔吐物的垃圾袋抓著小恩的頭髮，將她扔出租屋門外，一句話也懶得說就把門摔上。

砰！

小恩一直哭，蹲在樓梯間哭了整晚。

隔天中午蓬頭垢面的男友出門，看見蹲在階梯上的小恩，又狠狠甩了她一個巴掌，才夾著拖鞋去街上閒晃。

感覺到臉上熱辣辣的，小恩真正絕望。

從那天起，小恩學到一個教訓。

要更努力取悅男人。

下次，一定要把握幸福的機會。

3

沒有什麼特別感人的故事，例如家裡有個沒錢念大學的資優生弟弟、或是殘廢在床上流淚呻吟的媽媽。如果想要這些，理髮店架上那些舊雜誌裡應有盡有。

只為了不想回到那個虛有其表的家，小恩開始濫交。

雖不到人見人愛的美女等級，但「正點」套在小恩身上一點也不為過。

漂亮又年輕，只要打開雙腿，就會有人願意收留幾晚。這社會一直都是這樣。

只不過那些好心人一玩膩，每個都像扔垃圾一樣將小恩丟出門。

不走，就打。

「可不可以不要趕我走，我真的很愛你啊……」小恩總是哭得連鼻涕都出來了。

越哭越嚴重，越哭越沒有安全感。

卻也越哭越不想哭了。

會不會男人都是一個樣？

會不會到頭來，誰也不會真正把她撿回家？

「妳是不是有病？有誰會對妳這種爛貨認真啊！」第七個男人厭煩地關門。

「我女朋友快回國了，妳死賴著不走是什麼意思？」第十二個男人冷言。

這種垃圾話說也說不完的。

忘了是誰，大概是一個剛領薪水的上班族開始給的錢吧，小恩自然而然開始用自己的身體賺錢。

賺過夜的錢，吃飯的錢，遊蕩亂花的錢。

這一收錢，小恩就再也沒有寄宿過男人的家。

她自己在靠近舊圓環的小旅社租下一間小套房，省下打理的功夫。

這間小旅社懶得過問她的身分，更沒有登記，警察臨檢都沒她的事。

「妳不會為我帶來麻煩吧？」穿著白汗衫的老闆只這麼問。

「我不會帶任何人回來。」小恩保證。

一旦開始用這種方式賺錢，幾乎，不可能再有別的方式工作。

麥當勞打工基本薪資才八十塊，政府將基本薪資調到九十五塊後，很多福利都取消了。一般便利商店的時薪更低。其實就算將基本薪資調到每小時兩百塊，一整天打工下來的錢還是吸引不了小恩。

未免也太累了，還會剝奪小恩做白日夢的時間。

小恩最喜歡做白日夢。

夢裡有個男人，剛做完愛，坐在床邊。

也許有一根菸，也許沒有。

但輕輕拍著她的裸背，說她好。

說他今天晚上不會走。

就這麼簡單。

「不過，我大概真的是爛貨吧。」

小恩總是呆呆地結束夢境。

4

那些花錢買幹的男人五花八門，但沒有一個在睡過她後，會留下來。

小恩不覺得跟陌生人做愛有什麼特別大不了，不過是一堆長短肥瘦的生殖器。

有的客人在完事後會多給一點，有的則會嫌東嫌西少給一點。

對於後者，由於小恩沒有靠行，也只能悶著臉接受。

不過前者多一些，因為小恩知道怎麼在床上取悅男人。

但也僅限於床上。

她到底還是喜歡跟叔叔伯伯一起出去。

雖然有時候要讓老伯伯「起來」需要多一點時間，但比起那些嚷嚷：「什麼啊?買妳一個晚上當然要多幹幾次啊！」那種男人還要好應付。

只要小恩有耐心，那些好不容易才出來的老伯伯會很歉疚地，多給一些錢。

至於有些正直著臉孔、用慈祥語氣說話的客人，最讓小恩受不了。

「妳多久沒回家了?」

一個退休校長一邊嘆氣：「不要讓爸爸媽媽擔心，等一下我多給妳一些零用錢，今天晚上就回家吧。我們當父母的，看妳這樣子真的很難過……」

然後，一邊將皺掉的生殖器塞在小恩的嘴巴裡。

還有一個警察。

一個爛到掉渣的警察。

不給錢是理所當然，要求卻很多。

「妳的身分證我已經抄下來了，如果妳不乖，我隨時把妳送去中途之家。」

警察坐在沙發椅看A片，下半身赤裸，上半身還穿著制服。

一隻手捺著小恩的頭，壓向洗都沒洗的生殖器。

「……」小恩跪在地上，被迫張開嘴巴。

「說好吃。」

警察的眼睛卻看都不看她一眼，只是瞪著電視上的妖精打架。

「好吃。」

小恩的指甲深深刺進大腿皮膚。

被欺負的情況屢見不鮮。

有一次她被餵了東西，迷迷糊糊間被輪姦。醒來時不僅下體痛得連小便都感灼熱，看到放在櫃台上擺了幾枚意味酬勞的硬幣，更是羞憤交加。

還有一次，小恩莫名其妙挨了嫖客一頓揍，揍得連牙齒都掉了兩顆。理由是她長得太像拋棄他的前妻。

「妳跟她是什麼關係！說！」那爛人喝得很醉，專打臉。鼻青臉腫的，加上補牙，害她有一個月不能工作。

不過比起來，那警察還是最壞最壞的大壞蛋。

他對她做盡種種最醜惡的事。

其中一次，就是在做完後把她大字形銬在床上，然後走他的人。

呆呆等著警察回來解開手銬的小恩，就這樣一絲不掛睡到著涼。

隔天中午櫃台催促的電話響不停，小恩雙手被銬，怎麼樣也搆不著。

打掃的阿姨只好把門打開。

那四目相接的一瞬間，小恩羞憤到想立刻跳出窗外自殺。

小恩再也不哭了。

這些壞男人讓小恩見識到社會最黑暗的一面，讓小恩覺得眼淚簡直太珍貴。

只是小恩萬萬沒想到，來自更底層、更黑暗的那個男人——

卻讓她看見了光。

5

小旅館附近有間便利商店，便利商店有條不太稱職的流浪狗。

那流浪狗白天叫黃金梅利，晚上叫長飛丸，據說各有典故。

小恩在那裡買飲料，有時候會順手買個肉包子餵牠，蹲在地上看牠吃。

「長飛丸，你怎麼不吃呢？」小恩看著長飛丸。

長飛丸要吃不吃地戲弄著肉包，一下子咬，一下子抓，像在演戲。

小恩杵著下巴，拿著手機拍下長飛丸跟肉包要好的畫面。

「牠今天吃過了，而且吃得很飽。」

一個綁著俏麗馬尾的女店員走出來倒垃圾。

「喔？」

「剛過期的國民便當，店長說讓牠吃沒關係。」女店員用力將垃圾踏扁。

「原來如此。」小恩皺眉。

除了那些壞男人，這個年紀相仿的女店員是少數會主動跟她說話的人之一。

小恩有時候來買飲料，女店員都會藉著長飛丸打開話題，寒暄幾句。

「今天的眼影畫太濃了喔，妳的眼睛本來就很大，這樣一來效果就太過囉。」

「謝謝。」小恩微笑：「不過……反正也沒人看。」

女店員從來沒問過她是在做什麼的，而小恩也不想談論這個話題。

她可沒勇氣辯解自己這樣的人生之道，也不想招惹同情。

倒完垃圾，女店員才剛踏進店，叮咚，又倒走出來。

「對了，可以幫我一個忙嗎？」女店員像是想起了什麼。

「嗯。」

「我都還沒開口，妳就嗯。嗯什麼啊？」她失笑。

「反正不會是太難的事。」小恩笑，把「因為我們又不熟」吞進肚子。

「就是啊，上次妳說妳住附近，那妳……白天也會來這裡嗎？」

「比較不常，我常睡到下午三、四點。」

「……那，妳看過白天在這裡打工的男生嗎？」女店員深深吸氣。

小恩想了想：「有兩個，妳在說哪一個啊？」

「頭髮常常梳得很整齊，但還是有一小撮從後面翹起來那個。」

「……」小恩抱歉：「妳這樣講，我根本沒印象。」

「就……比較矮，然後常常在看一些別人不想看的書的那個。」女店員想了想。

「反正就是比較矮的那一個。」小恩還是搞不清楚。

「對。」女店員像是下定了決心，語氣有些急促：「妳幫我有技巧地問問看，看他有沒有女朋友，好不好？要很有技巧喔。」

「這是我的任務嗎？」小恩噗哧笑了出來。

「可以嗎？」女店員臉紅，雙手合十：「拜託妳囉。」

女店員轉身，一溜煙跑進去，再出來的時候手裡已裝了杯思樂冰。

這是店長也不會介意員工偷偷喝的飲料，反正那些小學生也常偷偷喝了又裝。

「喏，請妳喝。」女店員笑嘻嘻。

「謝謝喔。」小恩接過。

冰冰的，卻很溫暖。

6

小恩坐在西門町人行步道旁，心情格外地好。

這個位置可以說專屬於小恩，但如果被其他的女孩坐去了，小恩也不會趕人。

畢竟她還有別的地方可去。

雖然冰沙早就喝光光，但她還是將紙杯捧在手裡。

「接到了任務，就代表自己被重視了。」小恩樂不可支，暗忖：「所以明天一定要好好把答案問出來。一定！一定！」

不用說，那個夜班的女店員，一定在偷偷喜歡白班的男店員。

好可愛喔，光是看見那女店員懇求自己幫忙的表情，就值回票價了吧！

不過，要怎麼「有．技．巧」問出答案呢？

萬一弄不好，那個男生以為是自己喜歡他，不就很糗很糗嗎？

「對不起，我好像聞到你身上有女生擦的香水？」

怪怪的，好像太雞婆了？

「對不起，我可以問一下你女朋友都送你什麼禮物嗎？」

不，情人節還很久，這種問題好奇怪。

反覆模擬著，小恩不禁緊張起來。

總之小恩很開心，其中最樂的，莫過於自己正夾在剛剛才要發芽的愛情中間。

有一份。

「有一份耶。」小恩咬著吸管，笑得東倒西歪。

今天晚上心情這麼好，還是不要工作了吧？小恩突然有了這樣的念頭。

不過……今天是幸運日，說不定會遇到很好應付的客人喔！

好比上上上上次那個害羞的大學生，連保險套都不大會戴，只是在外面磨蹭幾下就出來了，給錢的時候好像在逃難，還假裝臨時有急事……真的很好賺也很好笑。

唉，可是遇到爛人的話就完蛋了，好不容易碰上的好心情就要毀掉了。

就在小恩猶疑不定時，忽然聞到一股淡淡的煙硝味。

還沒抬頭，一個高大堅硬的影子將她罩住。

7

遠處傳來一陣騷動。

好像聽見女人的尖叫聲。

台灣人是很勇敢的，周遭的人不約而同往尖叫處走去，然後帶回更多的尖叫。

唯獨小恩被這道堅硬的影子牢牢壓制，呆呆看著影子的主人，動彈不得。

「等人？」那人看著她。

卻更像只是將視線的軌道擺向她。

然後又心不在焉地穿過去。

「……沒有……不算有。」小恩標準的回答，胸口卻感到一陣巨大的沉悶。

那些尖叫開始翻滾，歇斯底里四竄。

這偶遇的兩人像是聲浪的絕緣體，絲毫不受正在發生的某事件所影響。

那人伸出手，像信手摘花一樣，隨意將小恩給輕輕拔了起來。

這次是什麼樣的客人？

小恩的手像是握住一塊鐵，寒意像電流觸進她的神經，撬開了百萬個毛細孔。

這股寒意從來沒有過。

如果是奧客，現在也來不及拒絕了。

精準形容的話，就是鼓不起勇氣說不，那寬大厚實的手一點也沒多用一寸力，卻讓小恩心生就算想掙脫也無濟於事的感覺。

……大概只能閉著眼睛讓時間過去了吧。

想到這裡，小恩就稍稍放心。

在工作時保持漠然是她的小訣竅。

也是，唯一的訣竅。

那人牽著小恩，筆直地離開西門町的尖叫喧囂，從頭到尾都沒看她一眼。

小恩不斷分散每次呼吸裡空氣的重量，讓自己不要緊張。

兩人走了大約四十分鐘，終於轉了第一個彎。

這種不知道目的地的走法，讓小恩在紅綠燈前一停，雙腿隨即微微發抖。

「我們要去哪裡？」小恩很吃力地說出這句話。

「……」那人肯定聽見了，卻只是照走他的。

幸好過了斑馬線，那人就帶著小恩穿進這繁華城市的縫隙，連陽光都難以鑽入的矮窄小巷，沿著懸架在老舊公寓外的鐵梯走上去。

腳步在鐵梯上踩出讓人心驚的喀喀匡響，小恩有些害怕這斑駁鏽蝕的老東西會突然承受不住，一下子垮了下去。

四樓，沒有掛飾的鑰匙孤單地插入鎖孔，敲轉出任何人都熟悉的金屬聲。

這種為了省旅館錢將女人帶回家搞的人，小恩遇到得少。不需要經驗法則就知道，小氣的人要求特別多，好處是不至於太變態。

畢竟住的地方被知道了，山水有相逢。

那人打開門，是一間十五坪大小的套房。

由於除了浴室全無隔間，沒有廚房，連遮擋視線的衣櫃或電視也沒有，看起來格外大。

電燈外唯一的電器，就是陽台外的熱水器。

裡面的擺設沒有絲毫特殊，一般單身男子出門在外的感覺。

有點剛下過雨後困在室內的溼氣，有點汗臭，但不讓人特別討厭，因為「可以用來舒服過日子的東西」很少。

這樣的狀態即使不怎麼整理，看起來也挺乾淨。

晾在陽台上的十幾件衣服還沒收，溼氣大概就是從那裡滲過來的吧。

「放輕鬆。」那人用字精簡。

「好，我先去洗澡。」小恩說，提醒自己不要緊張。

那人點點頭，看著小恩走進浴室。

小恩進浴室第一件事就是將門反鎖，這才吐出一口壓抑已久的氣。

8

從蓮蓬頭灑下衝力十足的熱水。

小恩坐在藍色的塑膠浴缸邊上沖腳，看著腳趾頭慢慢舒活起來，深呼吸，將溫馴的熱氣飽飽地從鼻腔灌進，想像肺部的氣根像海草一樣冉冉游動。

通常若客人沒要求，小恩只在完事後洗澡，那時會有一種重新活過來的感覺。跟潔癖無關，而是熱水從古至今的神效。

「真後悔今天晚上還要工作。」小恩埋怨自己。

但現在的狀況實在很難放鬆，不這麼一個人獨處的話連一分鐘都撐不下去。

有人說，這種事終究會習慣的。

——標準的冷眼旁觀。

話說這男人連價錢都沒有問，不是不打算付錢，就是個凱子。

希望是凱子。

小恩雙手合十，向她自己幻想出來的某個女神祈禱。

當小恩隨手包著大浴巾出來的時候，那人已一絲不掛坐在掛著剛脫下衣服的躺椅上，半睜半閉的眼睛透出黯淡的困倦。

「可以對我溫柔點嗎？」小恩將大浴巾放在男人的肚子上。

「……」男人面無表情，將浴巾緩緩揉在手裡。

卻沒有接下來的動作。

男人就這樣輕掩著溼溼溫溫的浴巾，什麼也不做，什麼也不看。

活脫就像這房間裡最差勁的傢俱。

「怎麼了？」小恩怔住。

「……」男人一點搭理她的意思也沒有。

不知不覺，小恩的視線已跳出屬於她的第一人稱，從旁觀察這荒謬的畫面。

這未免也太莫名其妙──

一個援交妹繳出浴巾後，只能一絲不掛地看著躺椅上的裸男。

但裸男一整個不想動。

除了侷促不安之外，還可以從辭典裡找出二十幾個成語形容此時的糟糕。

早知道至少也穿條內褲再出來……小恩大悔，這爛房間甚至連張多餘的椅子讓她坐下都沒有。

地板？地板是涼的，而且隨著尷尬越來越涼。

這尷尬像一塊正融化的冰，從小恩領口背後滑下，脊椎起了一陣哆嗦的麻。

靜默持續，牆上的黑白時鐘切切切切地刻動。

過了五分鐘，兩個沒穿衣服的男女形成一種難堪又變態的對峙。

毫無變化的視覺領域已徹底呆滯，逼得小恩的聽覺跟嗅覺特別敏銳。

隱隱約約，除了黑白時鐘的刻動聲，依稀從左邊牆後、另一個住戶那傳來歌手康康翻唱張學友的名曲〈藍雨〉❶。

黯淡的星　微亮的天　整夜裡無眠
忍不住要對你多看一眼
站在你窗前　心中是她被我遺忘的臉
她說等著我好疲倦

---

❶ 詞／陳家麗　曲／德永英明

迎著雨點走出你淡藍色的房間　記得你說離別要在下雨天
就像你已明白有一天它會實現　原諒我不對你說再見

那低沉渾厚的歌聲不斷重複、重複，從頭到尾就只這一首。
除此，小恩聞到一股濃郁的煙硝味。
這種莫名其妙的味道，讓小恩無論如何沒法鎮定下來。
「對不起，你到底……做什麼？」小恩的腳趾蜷了起來，快哭了。
男人的眼皮一動不動，視線卻緩緩挪了過來。
「如果沒事，我想走了。」小恩蹲下，不想再光溜溜了。
男人這才勉強開口：「等一下，有事請妳做。」
小恩抬頭，說話時男人的耳朵好像紅了。
大概是不想讓小恩陷入更深的不安，男人慢慢坐直身體，正面朝向小恩，而視線也毫不迴避地盯著小恩的胴體。
這姿勢很像刻意鑿出來的、自以為帥的石膏像，但在接下來持續變態對峙的五分鐘裡，男人的下體一點反應也沒有。
小恩忍不住想：「該不會是個沒辦法勃起的人吧？因為奇怪的自尊心，所以一定要我等到他自然勃起，而不要我幫幫他嗎？」

這一猜，真是尷尬到了極點。

應該做些性感的姿勢幫他一把嗎？還是管他三七二十一，走過去……

不，絕不，寧可站起來撈了衣服就閃人，也不想大刺刺走過去用嘴幫他。

用那種方式結束對峙，太羞辱自己了，也很容易激怒他。

正當小恩一籌莫展、又快哭出來時，房間門縫底下傳來窸窣的沙沙聲。

「！」

男人觸電般衝向門，一手抄起從門縫底扔進來的物事，一手將門飛快轉開。

門外空盪盪。

只看見樓梯後的，對面人家的一堵水泥牆。

如果剛剛有人從門外丟東西進來，不管腳步放得多輕，應該多多少少會聽見踩在生鏽的鐵製懸梯的聲響吧！全身縮成一團的小恩也呆住了。

男人對這樣的結果有些失望，卻也顯得異常激動，用笨拙的手指竭力做出最保險的精細動作，將手中的物事——一只牛皮紙袋，幾乎毫無損傷地拆開，畢恭畢敬地從裡頭捧出一小疊紙。

小恩傻眼。

男人轉身，單膝蹲下，將那疊紙慎重地交給小恩。

「讀給我聽。」男人像個聽話的孩子，語氣溫柔。

「唸出來？」小恩摸不著頭緒，看著紙張最上面的兩個字：蟬堡。

「盡量用適中的聲音。」男人點點頭。

那眼神既不容反駁，也流露出希望被安撫的熱切。

好古怪的要求，不過總比兩個人持續詭異地對峙要好太多，小恩立刻照辦。

紙頁的材質非常普通，是市面上最尋常的影印紙，但上面所寫的東西就怪了。

是篇小說。

「蟬堡，沒有夢的小鎮之章3。」

小恩盡量咬字清楚：「晚餐後，全家人一起在客廳看電視。母親打著丈夫的新毛衣。一直處於朦朧狀態的喬伊斯在母親的懷中睡覺，全身縮在一起，睡相甚甜。喬洛斯像個流氓一樣，大剌剌搶過父親習慣的搖椅位置，蹺起二郎腿玩打火機。恩雅坐在正翻閱聖經的父親身旁，專注地看著電視的玩偶卡通《愛莉絲夢遊仙境》。」

男人坐在躺椅上，閉著眼睛，濃密的眉毛輕皺。

小恩看了男人一眼，繼續道：「『爸！要不要來支菸！』喬洛斯用打火機點燃鉛筆末端，假裝抽菸。『住嘴！』父親嫌惡地瞪了喬洛斯一眼，喬洛斯只是嘻嘻嘻怪笑，沒大沒小。」

就這樣，小恩原本還分神觀察男人聽故事的表情，但隨著口中的故事發展，她的眼睛也漸漸只停留在紙片的字句上。

細細讀著，忘了自己一絲不掛。

五分鐘過去，小恩唸到最後一段：「喬洛斯咧開嘴大笑，劇烈晃著搖椅大叫：『做夢！做夢！做夢……』母親看著躺在懷中熟睡的喬伊斯，喬伊斯睡到身體都微微發熱起來，眼皮快速顫動，嘴巴微開，口水從嘴角滲出。母親親吻喬伊斯的頸子。那麼愛睡覺的他，現在不知道是否做著夢？做著什麼夢？」

小恩抬起頭，遺憾地說：「沒了。」

男人睜開眼，好像睡了一覺那麼朦朧。

「確定嗎？」

「就寫到這了。」小恩將紙翻到背面，空白一片：「這是哪一本書的內容？」

男人沒有回答，只是小心翼翼地問：「可以，再讀一次嗎？」

就連輟學的自己都覺得識字是很稀鬆平常的事，怎麼，這個男人連學校都沒去過嗎？

喔不，說不定這男人不是本國人，所以難怪話特別少，表達能力也差。

小恩當然不知道，也不敢問。

反正只是再讀一遍，小恩便仔細又唸了一次。

這次還刻意放慢讀故事的節奏，讓專注聆聽的男人聽得更深刻。

七分鐘過去，男人再度睜開眼睛，大夢一場似的。

「現在呢？還要再唸一次嗎？」小恩似乎沒有剛剛那麼緊張了。

「……」男人搖搖頭，眼角卻意猶未盡。

於是小恩又唸了第三次，用平常的速度。

男人這次沒有閉眼，而是看著小恩讀紙的唇，不住微微點頭。

當故事結束，男人毫無變化的臉孔深處，第一次有了蜘蛛絲牽動荷葉的表情。

「沒頭沒尾的故事。」小恩將那疊紙放在地上，抬頭。

愣愣地看著男人的傢伙。

「……妳很好。」男人說話的時候，已有了反應。

男人不須起身，長手就將小恩輕輕拉放在身上。

就這麼在躺椅上做了起來。

一時沒看清楚，但九成九沒有戴套，小恩有些驚慌失措，卻不敢表示意見。

被牢牢抱住。

下體深處整個充實飽滿，小恩不需要多做什麼就能盡到來這裡的本分。

「唔……」男人低吟。

深度的接觸中，小恩感覺到男人身上的肌肉幾乎沒有彈性，從最底層一直緊繃到最外的皮膚，好像一把隨時都張開的弓。如果體毛全部豎起來的話，鐵定會扎傷人。

出奇地小恩並不討厭，因為男人動得比想像中慢得多，似乎在壓抑更猛烈的慾望，不知是憐香惜玉，還是在進行什麼克制慾望的儀式。

這讓小恩有些可憐他。

這人平常的工作顯然很吃重。

小恩雖不懂，但指尖輕輕刮過的觸感讓她有種直覺，這種肌肉絕非健身房能夠鍛鍊出來的溫室體魄，也不是海軍陸戰隊在短時間內所壓榨出的精實。

而是一種來自底層的人生。

做到激烈處，那人用手將小恩溼溼的頭髮撥開，像是要看清楚她的臉。

那股刺鼻的煙硝味扎進小恩的鼻腔。

這味道，她受不了，也永遠忘不了。

忍不住，指甲輕輕刮著那人的背。
越刮越深，留下十道歕紅。

9

真是個古怪的客人。

做完後倒頭就睡，而且睡得很死。

男人皮膚都發燙了，小恩只輕輕一碰，就好像要被灼傷似的。

這是深度睡眠的表徵，小恩知道。

該是走人的時候，小恩可不想待在這個奇怪的房間。

「只是，根本還沒給錢啊？」小恩猶豫，一邊穿上衣服：「連談價錢也沒。」

最討厭做完沒給錢，任何理由都一樣。

被白嫖比起遭強姦，感受恐怕更差。

該不會……小恩突然愣住：「他以為是一夜情吧？」

依照剛剛短暫又漫長的「相處」，那怪人有這種想法絕非不可能，但問題是……

「不管怎樣，做完立刻就睡，就是差勁。」小恩決定。

這房間所有的東西都很簡單，小恩很快就在男人破爛的牛仔褲裡找到一個皮包。裡面共有十七張千元大鈔，還有三張一百元鈔。

好多錢。

小恩不是沒有偷過客人的錢，但所有的客人都對援交妹有所防範，身上帶的錢絕不會多，所以最多也不過拿過五千塊。「反正你剛剛弄得我很痛，算是一點懲罰。」這是她上次偷客人皮包，拿來應付自己的藉口。

但這次呢？

該拿多少？

小恩看著垃圾桶裡的衛生紙，有點興奮地想：「誰說可以射在裡面的？」

小心翼翼抽出十六張千元大鈔，再將皮包塞回牛仔褲。

踮起腳尖，打開門，幾乎是屏住氣息地走下危險的鐵梯。

當踩在地面的那一刻，小恩漲紅著臉，笑得眼睛都瞇了線。

「今天，果然是超級幸運！」

10

罕見地，手機的鬧鐘功能發揮了作用。

眼睛一睜開，慎重其事化了妝，小恩便著手她的小計畫。

小心翼翼地寫字，由於太久沒有拿筆，一筆一劃都格外謹慎，立可白上場的次數寥寥可數。對中輟的小恩來說，這表現已是可圈可點。

好不容易完成，小恩踩著輕快的腳步來到便利商店。

那條要流浪不流浪的「黃金梅利」，正趴在店門口，意興闌珊地玩弄吃到一半、爛爛的蘋果。

小恩故意將蘋果踢開，黃金梅利卻只是呆呆地看著蘋果歪歪斜斜地滾走，一時之間無法決定要不要追。樣子呆得要命。

「吃太好了喔。」她嘖嘖。

櫃台有個工讀生正趴在櫃台看書，不過不是奇怪的書，是一本顯然是自己從架上拿來「試閱」的電腦雜誌。頭髮跟梳得很整齊差得遠，全部都亂翹。

另一個工讀生一邊拖地，一邊隨手將架上的零食排好。

這個拖地的工讀生頭髮梳得可整齊，後面卻往上翹了一小撮。

跟晚班的女工讀生形容的一模一樣。

小恩先走到飲料櫃前，若無其事拿了一罐蘇打汽水，再走到影印機，逕自將剛剛完成的「作品」印了一百張出來。

結帳時，一頭亂髮的工讀生還是只顧看雜誌，由拖地的工讀生走過來處理。

「下次要印這麼多，不要來便利商店印，很浪費耶。」那工讀生掃描影印卷上的條碼，嘴巴唸個不停：「在這裡印一張要兩塊錢，多走幾步路到旁邊巷子出去、右手邊的影印店，印一張只要零點六元。一百張啊，就差了……一百四十塊。一百四十塊錢，就差不多三個便當了。三個便當耶！」

小恩瞥了他別在胸前的名牌一眼，叫乳八筒。

第一印象是囉唆。

還有……乳？真是個不正經的怪姓。

不，連名字都很不正經。

「謝謝。這樣吧，既然你人這麼好，順便幫我做一份問卷好不好？」小恩從那疊「作品」中抽出一張，放在結帳台上。

「是喔。」那乳八筒拿起來，瞪大眼睛喃喃說：「這年頭還有人用手寫設計問卷喔？我還以為只有在我們鄉下才會有這種事咧。」

怎麼有這麼囉唆的人啊。

「因為我沒電腦，公司叫我用手寫就可以了。」小恩比YA。

「什麼公司啊？」

「雖然不關你的事……不過，是一間沒有名氣的化妝品公司啦。」

「反正現在沒別的客人。」乳八筒從上衣口袋裡抽出原子筆，對付起問卷。

小恩無聊地踢著腳，看向門外。

「門口那個蘋果是你丟給狗狗的嗎？」

「狗狗？喔，妳是說黃金梅利嗎？」乳八筒看著問卷，眉頭慢慢緊了起來：「我吃不完就給牠吃了。」

「狗好像不會吃蘋果吧？」

「吃的。狗連自己的大便都吃了，怎不會吃蘋果？真正的餓啊，就是最好的開胃菜。」乳八筒的視線抽離問卷，突然說：「可是這份問卷不是在問化妝常識的嗎，我怎麼會寫啊？」

這就是重點所在了。

「是喔……還是你有沒有女朋友，幫我帶回去寫，我住在附近，明天再來跟你收。」小恩鎮定地看著他。

「這樣喔……」乳八筒猶豫。

小恩暗中祈禱，卻見乳八筒不置可否，將問卷折成四折，塞進口袋。

唉，好傷心喔。

要是把這個反應告訴晚班的女工讀生，她一定會很失望很失望。

「我呢？」那個精神不濟的工讀生突然撐起頭，眼神有點迷惘。

「還有你，你也拿一份，明天我來收。」小恩同樣塞了一份過去。

「可是我沒有女朋友，以後也很難交到耶。」

雖然小恩不感興趣，不過……勉強問一下好了：「為什麼？」

「因為我的頭髮太亂了。」那工讀生滿臉歉疚地說。

「……」

結完帳，小恩轉身的瞬間，腳步忍不住往後頓了一下。

她看見疊在門旁的蘋果日報頭條，放了張怵目驚心的血腥照片。

一個男子坐臥在屈臣氏門前的燈柱下，軟癱無力垂著頭，看不清臉。四周都是圍觀尖叫的群眾。鮮血灑了滿身，似是從男子的鼻腔與嘴裡一起嘔出來的。

斗大的腥紅標題：「西門町街頭暴力，一拳送命？！」

小恩忍不住將沉甸甸的報紙拿起來，整版攤開。

西門町街頭暴力，一拳送命？！

昨天晚上九點半，西門町驚傳一起暴力鬥毆事件，三十四歲的黃姓男子偕同女友在西門町逛街時，突遭一名高大男子攻擊斃命。唯一的目擊者言之鑿鑿，該施暴者僅僅朝黃姓男子胸口揮出一拳，就將他當場活活打死。

三十四歲的死者黃方田是鐵蹄子幫戰堂堂主，主要負責帶領堂下的青少年進行暴力討債的業務。據了解，死者當兵時曾是蛙人爆破大隊的成員，受過嚴格訓練，身強力壯，怎麼會被人一拳暴斃，令人匪夷所思。據救護車上的緊急救護人員初步判斷，死者的肋骨至少有五根斷折，斷骨貫穿心臟與肺臟造成大量內出血，是致死原因，目擊者「一拳殺人」的說法仍待法醫解剖驗證。

初步了解，事發當時死者女友正轉身付錢，表示什麼都沒看見，也不知道是誰動的手，事發後精神極不穩定，一直哭泣。而事發太快，既無槍聲也沒有死者的叫聲，現場僅一名目擊者看見兇手行兇的過程，並在兇手離去時用手機拍下兇手模糊的背影。

「真是太扯了。」不願具名的目擊者心有餘悸地說：「那個人根本沒有行兇的跡象，就只是走到那個人旁邊，然後就這樣……一拳下去。」記者追問：「兇手與死者間沒有對話嗎？」目擊者說：「沒有，突然發生然後就莫名其妙結束了。我還以為可以看打架，沒想到這樣就死掉了。」記者追問兇嫌究竟有沒有使用兇器，目擊者斷然否認，並表示：「對了，我有聽見悶悶的一聲，原來骨頭碎掉聽起來是那樣……」

這起案件與兩個月前，在台北日清居酒屋前遭人從後一拳擊碎頸椎的鄭姓小開案，監視器所拍到的模糊畫面有相似之處。當時由於畫面不清楚，警方懷疑兇嫌是手持鈍器行兇，但現在似乎有了新線索。

但人的拳頭是否有這麼大的破壞力？記者專訪武術專家李鳳衫先生，他表示一拳殺人的確是可能的，對少數修習武術的練家子來說絲毫不奇怪，過去神祕的特務訓練也包含此項。「但君子有所為，有所不為，我們真正修行的人是不輕易出手的。」李鳳衫再三強調，如果自己願意，隨時能將採訪的記者一掌擊殺。

據悉，死者涉及上個星期二在豪情酒店發生的槍擊砸店案，這起街頭暴力致死的事件是否與砸店引發的股東恩怨有關，警方還要深入調查。只是昨夜此重大暴力事件發生在人聲鼎沸的西門町，對照警政署署長日前宣示要在一百日內提振治安的說法，更顯得諷刺。（記者葉君宜綜合報導）

報紙最底下照樣附了怪模怪樣的犯案示意圖：

一個高大的男子擺出拳擊姿勢，一拳擊中死者的胸口；而死者的表情就像被捉姦在床的董事長，難以置信地張大嘴巴。

誇張的是，電腦繪圖還畫了一道閃電從兇嫌拳頭貫穿出死者的後背。

比起放大到快爆出新聞框外的橫死街頭照片，這張示意圖對死者顯然更不敬。

「一拳必殺，妳相信這種事嗎？」乳八筒淡淡地說。

「很強喔。」另一個工讀生半睜著眼。

小恩沒有回話，只是自然將手指稍稍挪了一下，露出頭版的下方一角，那目擊者用手機倉皇拍下的畫素既低、又嚴重手震的照片。

報紙幾乎要掉在地上。

錯不了……小恩的腳底麻了起來。

也許會看錯人。但不是現在。

尤其是昨天晚上還跟這個人上了床，在那之前，彼此對看到快哭出來。

鼻腔裡彷彿還積蓄著那股氣味。

——來自殺人犯手上的煙硝味。

小恩呆呆地拿著報紙，慢慢走出便利商店。

叮咚。

「那種為錢賣命的殺手最讓人不齒了。」乳八筒對著那疊報紙豎起中指。

「那你崇拜月曬？」蓬頭垢面的工讀生半張臉貼著櫃台。

「他是我的偶像。」乳八筒頓了頓，又說：「但，誰不是呢？」

「對了。」

「嗯？」

「她沒有付報紙的錢耶。」

兩人對看，聳聳肩。

11

小恩回過神時，人已坐在小公園的長椅上。

「我偷了殺人兇手的錢包？」

一想到這點，小恩就喘不過氣。

那殺人兇手肯定不知道自己住哪裡吧？

不，雖然他不知道自己住哪，卻不可能忘記是在哪裡搭上自己的，萬一給遇上了，一定

……一定……

「一拳就會死了。」她打了個冷顫。

小恩在心中發誓，西門町在那殺人犯落網前是絕對不能再去的。

有種反胃的感覺。

不只如此，他們還做了愛。

先是一個接一個把女人當玩物的人渣，昨晚，則是剛做案的殺人犯。

小恩摸著肚子。

他射在裡面。

小恩立刻起身，先是快步，很快便忍不住快跑到最近的一間藥局。

買了事後避孕藥，還一口氣吞了比老闆說的還要多兩倍的份量，小恩連水都來不及買就將藥片嚼碎，用口水嚥進肚裡。

「無論如何，我都不能懷殺人犯的寶寶。」

小恩一想到那殺人犯，就直覺該從胃裡翻出東西來吐。

那人剛殺了人，連澡都沒洗就上了她，好像死人的氣息也跟著汗水、口水、精液，通通黏上小恩似的讓人作嘔。

然而出奇的，小恩並沒有真正想吐的感覺。

想一想，關於殺人，小恩不是全沒做過。

有個殺手，代號月。

月殺人，而且大大方方地殺。

他架了一個獵頭網站，在上面列出一長串「該死的人渣」名單。

緊跟在名單的背後，是一組瑞士銀行的帳號，與一串鉅額數字。

至於那串鉅額數字的尾巴擁有幾個零，則由全民決定。

如果你認同某人該死，便將你願意支付的金額匯進該銀行帳號，如果達到了月預先設定的標準，月就會出動。

地球上將少一個人渣，多很多掌聲，隔天加料趕印的蘋果日報將銷售一空。

如果「結標」金額達不到，月便不動聲色。驕傲的他用這種方式尊重廣大的民意。

沒有一個政治人物膽敢猛力批判月。

並非畏懼自己的名字出現在獵頭網站上，而是害怕民意支持度會一瀉千里，連里長都選不上。

月是市井小民憤怒的出口。

總有一天，字典中關於正義的註解裡，將出現月的名字。

也許是對這個社會的一點點報復吧，小恩覺得月代替所有的台灣人對那些自以為有錢有權就可以隻手遮天的暴發戶與政客，發動一次又一次的刺殺戰鬥，讓她感到很過癮。

冷血？

記得去年掏空麗霸集團三百億資產的負責人王又增，在企業申請重整前一天搭頭等艙逃亡美國後，整個台灣不分族群藍綠群情激憤，數萬名小股東的股票頓成廢紙，只能眼睜睜看著將他們洗劫一空的王八蛋，在美國逍遙快活。

這股龐大的憤怒，月聽見了。

「兩千三百萬的各位，你們願意與我共下地獄嗎？」他在網站寫下。

獵頭網站上的金額在四天內湧進數倍的價錢，打破歷來紀錄。

此時國際間的矚目讓王又增反而因禍得福，得到政治性的保護，美國為了顏面命令聯邦調查局須時刻注意王又增的安全，十幾名訓練有素的幹員在王又增的豪宅周圍大陣仗築起防線。

那又如何？

我們談的，可是月啊！

當灼熱的子彈鑽進王又增肥滿的後頸，再出來時已炸出拳頭大的窟窿。

神乎其技。

不知道有多少家長將隔天的蘋果日報頭條攤在餐桌上，得意洋洋告誡子女：「這就是壞人的下場，以後不可以像他那樣啊！」數百間學校在中走廊、教室佈告欄將報紙頭條釘在上頭，就連師長經過也忍不住嘴角上揚。

甚至，有很多人將那天的報紙頭條裱框起來，當作海報一樣收藏。

非常熱血。

就是這樣。在月的殺手世界裡，正義才有真正的形體，而不是任由那些權貴者用桌上印表機自由列印出來的、屬於他們的白紙黑字。

大多數會被月挑上的目標，都是一些有頭有臉的爛人，但小恩對什麼白領階級的犯罪沒太大興趣，而是對欺負女人的壞蛋憎惡最多。雖然月只殺過兩個罪孽深重的連續強姦犯，但那兩串數字裡都有小恩用身體產出的貢獻。

她將賣身的錢匯進月的指定帳戶，看著網站上的龐大數字裡有自己的一份，有時還會開心得哭出來。

如果將來閻羅王質問小恩：「妳覺得妳只是出了點錢，就不算殺人嗎？」

小恩會欣然接受。

那些凌辱女人的敗類都該死。

最好，月的網站也能列出變態的壞警察、愛說教的老校長，還有好多好多……

只不過用賣身錢贊助殺人，跟與殺人犯交媾，完全是兩碼子事。

仔細往深裡想，當街一拳行兇、頭也不回地走人，甚至還……叫了女人。

這種人絕對不能以殺人犯論之。

不需要福爾摩斯的大腦，小恩就可以斷定，他是個殺手。

職業殺手。

「……」小恩雙手環抱，起了雞皮疙瘩。

既然如此，昨天晚上那職業殺手在做愛前赤身裸體等待的故事「蟬堡」究竟是什麼呢？

蟬堡又是誰拿來的呢？

是雇主？

還是地獄來的陰差？

他那種深深著迷的表情又是怎麼回事？

小恩吐出一口憋了很久的氣，猛地想起偷來的一萬六千塊錢還放在隨身皮包裡，有種非將它們在最短時間內花完不可的衝動。

那可是殺人買命的錢，留在身邊一定不吉利。

於是她拿出手機，用3G連結到殺手月的獵頭網站，選了一個最接近被獵殺邊緣的準目標，熟練地將一萬六千元跨國轉入月的指定帳號。

對小恩來說，如此一來附著在皮包裡一萬六千元鈔票上的「亡靈指數」，也透過數據傳輸，轉交給殺手月啦。

「大吉大利，大吉大利。」小恩闔上手機。

祈禱。

12

為了轉嫁一身霉氣，小恩夜裡還是上工了。

一個全身刺青的道上兄弟將她壓在下面，連續弄了兩次，卻只給了一半的錢。

「妳叫得太假了。」那道上兄弟穿上褲子時，心不在焉地辯解。

不想挨打，小恩只有默默收下錢。

當她來到便利商店時，已是深夜。

許久沒有客人，兩個女生索性坐在店門口的小台階上。

「都過了半小時，怎麼還是很傷心啊。」

女工讀生將臉埋在兩腿間，聲音像哭。

裝哭。

長飛丸躺在雨傘架旁，睡了個四腳朝天。

小恩幽幽說道：「那有什麼，才半小時。」

「……」

「我的悲慘人生已經持續了十八年囉。」

「什麼悲慘人生？」女工讀生還是埋著頭，聲音悶悶的。

「找不到人喜歡我啊。」小恩看著閃閃發亮的粉紅色指甲。

「妳那麼漂亮，又那麼會打扮，怎麼會沒有人喜歡？」

「反正就是這樣。」

「大概是妳看得上眼的人條件都太好了吧。」

正好相反。

都是一些爛到發膿生瘡的下流胚子。

小恩站起來，猛地說：「失戀不是都要喝點酒嗎？喏，我們來喝酒。」

「也對。」女工讀生嘿咻一聲起身，走進店裡。

再出來時手裡已拿了兩罐海尼根，一人一罐，用不知所以的歡呼聲打開。

兩個女生同時喝了一大口，也同時露出超級難喝的表情。

「原來啤酒這麼難喝，噁。」女工讀生的眉頭還是皺的。

「真的是。」小恩點點頭，說：「超級難喝的。」

「我還以為妳很會喝酒，所以才提議要喝呢。」女工讀生瞪大眼睛。

「我是喝了很多次，不過沒有一次覺得好喝。」小恩將啤酒放在額頭上，冷凍一下腦袋，說：「難喝的東西，是永遠也喝不習慣的。只是覺得，既然到了該喝酒的時候，就喝吧！」

「喝氣氛的，嗯。」女工讀生又喝了一口。一小口。

舌尖冰冰辣辣的，舌根則苦到冒出一推沫。

好苦好苦。

不過沒有聽到白天班的男工讀生有女朋友，那麼苦。

「不過，妳為什麼喜歡他啊？」小恩忍不住說：「我覺得他很囉唆。就好像……就好像我們在看漫畫的時候，角色會有內心話跟旁白，可是那個工讀生卻把內心話跟旁白全部都唸了出來。就是那麼囉唆。」

「我也不知道，他真的像妳講的那樣嗎？」女工讀生感到好笑。

「這麼明顯的囉唆，難道妳沒跟他說過話嗎？」小恩訝異。

「幾乎沒有。」女工讀生搖搖頭。

兩人深聊之下，小恩才知道，原來愛情也有非常盲目的一面。

晚班的女工讀生跟白班的男工讀生，原本的交集就不多，除了工作備忘錄上的留言外，兩人之間幾乎沒有真正言語上的交流。

原本工作備忘錄是大致記錄進貨銷貨的情況、提醒交接的人要注意哪些狀況用的。但男工讀生非常喜歡將他白天所遇到的人、事、物，加上一點小感想，通通寫進那藍色的小本子裡，搞得非常豐富。

「他寫得很詳細，比如今天的拖把有點霉味、便當雖然過期了八小時卻還是很好吃等……但場景都不脫這間店，所以我一直不清楚他有沒有女朋友，還是有沒有喜歡的女生。」

女工讀生從工作背心寬大的口袋裡，拿出那厚厚的藍色記事本，隨手翻翻。

小恩湊過去看。

裡面寫滿了密密麻麻的生活內容，好像每一頁都有一些拙劣的小插圖。

女工讀生的指尖停在其中一頁，很明顯，是畫得非常醜的黃金梅利……長飛丸。

又翻了一頁。

是一個正在偷加可樂的國中生，神色緊張中見鎮定。

「他也有提到妳。」女工讀生故意裝出吃醋的表情，酸酸地說：「所以這也是我開始注意妳的一點理由喔。」

「提到我?」小恩愣了一下。

「他說妳好像住附近，所以很常來，也說妳很有愛心，對黃金梅利很好，有時候不只會餵牠吃東西，還會看牠吃東西的樣子。」

「喔。」

「有一次他還寫到，他猜妳是做晚上的工作、或念不必穿制服的夜校，因為妳每天都很晚才起床，常在下午買一些早上該吃的東西。」

原來自己被觀察了啊……真的是有一點高興。

「反正，妳一直一直看著他寫的東西，所以就不小心喜歡上他了。」

「……也是啦。」

女工讀生拿著只喝了一大口加一小口的海尼根，有點不好意思。

關於喜歡，有件事不知道該不該跟小恩說。

有點害羞。

去年冬天，某夜明明沒有寒流，氣溫卻陡然掉到十度下。

那個男工讀生不知怎地正好騎車經過、下來買東西吃，看到她一個人在店裡穿得少，就逕自拆了架上的杯裝巧克力，沖了一杯放在櫃台上，什麼也不說就很酷地走了。

還有還有……

上上個月，這附近另一間便利商店跟加油站接連兩個晚上都被搶，一到晚上就有點惴惴。男工讀生下班後，整夜都坐在店裡附設的簡食座上看書，一直看到天亮換班。她向他說謝謝，想請他吃早餐，男工讀生卻只是說：「沒啊，我本來就要看書了。」連不必客氣都沒說。

還記得，他看的那本書非常冷門，好像叫《只要十分鐘，你也可以開火車》……她隔天在網路書店裡輸入關鍵字都找不到，想要多點話題都無能為力。

不過這些都沒辦法跟小恩說，女工讀生心想。畢竟這些舉動大概都沒有什麼多餘的意義，就算有一點點，也真的不算什麼。

小恩幫她旁敲側擊問出的答案，就是最好的證明。

看著默不作聲的女工讀生臉上的淺笑，小恩有點羨慕，慢慢說：「雖然他有女朋友了，不過妳還是很幸福啊，有個男生可以喜歡。像我，就不知道該喜歡誰比較好。」

小恩則拿著啤酒，幾乎一口也沒再喝。

「妳好怪。喜歡就喜歡了啊，沒有喜歡的人就沒有喜歡的人，都是自己做不了主的事。」

女工讀生將海尼根湊近。

只是聞到生澀的鐵味，混著一股啤酒發酵的氣味，舌根的苦味就跑出來。

「苦，那就別喝了吧。」小恩率先將啤酒倒轉，倒了一地的白色泡沫。

女工讀生笑了，跟著將啤酒倒光光。

「對，反正是氣氛，拿著空酒罐也一樣。」她說。

「喝酒都是喝給別人看的。」小恩有感而發，抱著雙腳。

兩人有一搭沒一搭聊著，打發破曉前的混沌時光。

一台老舊的計程車緩緩停在店門口，不知是一夜未睡、還是早起吃蟲的司機伸懶腰下車，朝這裡走來。

女工讀生趕緊起身進店，順手將空罐子收走。

只剩下小恩，跟持續呼呼大睡的長飛丸。

「真希望能一直聊下去。」小恩揉揉眼睛，自言自語。

只要不孤單，她願意拿一切交換。

不過她起身走了，不等那司機離去。

這一年她學到了不可以纏人，不然，遲早會被拋棄。

踩著困倦又有點不滿足的步伐，就保持一點不被討厭的距離吧。

13

隔天小恩睡到下午四點。

醒來後，繼續躺在床上看電視，一直到五點半才出門。

西門町短期內是不敢再去的了，那就敦南誠品吧？

那裡越晚越high，藏著許多祕而不宣的情色交易。

小恩先是在書店裡，找了一個角落盤腿坐下看書；雖然穿著裙子，但小恩不是挺介意走來往去的男人伺機窺探她裙底的目光。

說起來有點好笑，出了學校才起了看書的念頭，不過再怎麼說，小恩看的都是那些有水準的大人們不屑一顧的言情小說。近幾年那些言情小說在台灣租書店氾濫過頭，這股粉紅勢力日漸衰頹後轉進了大陸與香港，很多香港人到台灣旅遊時會到誠品帶上幾本，重要的採購行程似的。

餓了就在書店裡的咖啡店點東西吃，吃完了又進去看小說。

十一點過後。

一個穿著高級皮衣、嚼著口香糖的男人蹲在小恩面前，摘下自以為是的墨鏡。

「想不想一起去玩?」年約三十的墨鏡男笑得很燦爛。

「我要錢。」小恩直截了當。

墨鏡男一點也不吃驚,點點頭:「沒問題,走吧。」

成交。

小恩跟著墨鏡男下樓,坐上他停在安和路上的紅色跑車。

一路上墨鏡男沒怎麼說話,手倒是不安分地在小恩大腿上探索。

音響刻意開得很大聲。黑眼豆豆活潑熱鬧的嘻哈,用力壓制陌生冷淡的氣氛。

這種有錢裝痞的男人小恩碰過不少,共同的特色是說話還算話。

為了避免惹上麻煩,做的時候也不會有太多古怪的要求。

上的都是高級汽車旅館,買過夜的機率比買休息大的多,付的錢自然也多。

大概都是怕寂寞的人吧。

要不,就是有了正牌女友,老二卻有自己的想法。

小恩在網路裡看過兩句話:「女人賤了就容易有錢,男人有錢就容易很賤。」

很不幸,這兩句話小恩都得同意。

「這間可以嗎？」

墨鏡男用菸頭指著左邊一間高檔的汽旅。

「都好。」

「忘了問妳，要不要買點東西進去吃？我們會待很久喔。」

「沒關係，我剛吃過。」

墨鏡男點點頭，將菸扔出窗外。

方向盤往左一偏，車子立刻轉進對面車道，滑向那汽旅的櫃台等房。

前面已有兩輛候著，最前面是一輛老舊的喜美，再來是一輛黑色的賓士。

管你M型社會的縮影，在幹砲前還是得照先後輪。

「對了，妳幾歲了？」墨鏡男百般無賴，瞎抬槓：「應該沒有二十吧？」

「十八。」

「這種事習慣嗎？」

「不去想就好了。」小恩實在不想回答這些問題。

但不回答，又更尷尬。

擺架子完全沒有意義，等一下任人搞弄的可是自己。

「放心，我是個好客人。」墨鏡男友善地笑了笑，捏了捏她的下巴。

第一輛喜美總算登記完，往裡開了進去。

第二輛賓士往前，紅色跑車也跟著往前。

就在賓士拉下車窗、從裡遞出證件跟鈔票的同時，一道堅硬的影像在紅色跑車的後視鏡中越來越大。

那堅硬的影像大步走向黑色賓士。

每一步都平凡無奇，只是跨得比任何人都要大。

單單是看，沒有什麼。

認真計算，這堅硬步伐的速度跟一般人快跑起來毫無二致。

那賓士駕駛從櫃台取了車庫鑰匙伸回窗裡，玻璃緩緩升了起來。

「……」小恩的呼吸停止。

是他！

誰也想像不到這種巧合。

「那個他」走到黑色賓士旁，毫不猶豫，一拳就將半片玻璃擊碎。

「操！」

車裡的男人大駭，慌慌張張想從副座前的暗櫃掏出什麼。

但「那個他」並沒有給男人這個機會，兩腿一彎，瞄準車裡突出一拳。

一聲慘叫，車裡的男人的肩膀肯定是碎了。

但腳沒事。

男人觸電般踩下油門，賓士往前暴衝逃命，副座濃妝豔抹的女人驚聲尖叫。

只見賓士轟地撞上前方的噴水池，安全氣囊爆開，瞬間撞暈了那女人。

但倒楣的男人卻沒撞暈的份，給硬生生從車窗拖了出來。

原來「那個他」在擊碎肩膀時，也順勢揪住了他的襯領。

「我給你錢！」男人尖叫，忘了手中正握著可以扳回局面的槍。

如願換來沉悶的第三拳。

櫃台小姐蹲縮在地上，一動也不敢動，深怕看到兇手的模樣會被滅口。

「那個他」轉過身來，拳頭鮮紅欲滴，冒著奇異的血煙。

小恩啞口無言，只聽見心臟劇烈撞擊的聲音。

但一旁的墨鏡男卻放聲嚎了出來。不像殺豬，像一頭正在被殺的豬。

「那個他」頭一瞥。

視線穿過了隔熱玻璃，像一塊巨大的滾石直壓在小恩身上。

然後在刺耳的賓士警嗚聲中大步走了過來。

有了前車之鑑，墨鏡男一動也不敢動，雙手緊抓方向盤，僵硬的兩腿間有股燒灼感不斷往旁擴散開來。只能眼睜睜看著殺人兇手逼近自己。

「那個他」什麼也沒做，只是用手輕輕敲了駕駛座的車窗。

墨鏡男將車窗搖下，張開嘴想求饒，卻只露出上下兩排喀喀顫響的牙齒。什麼話也說不出。

「我要她。」

他這麼說。

14

從這裡步行到職業殺手住的地方，足足走了一個半小時。

小恩一路無語，越走越鎮定。

一個半小時夠她把狀況想清楚了。

他沒有當場殺了她，就不會在他家殺了她。

如果不想她把他的藏身之處告訴警方，他應該不會省下一拳的力氣。

他要她做什麼呢？

要她還錢，不如直接搶劫汽車旅館的櫃台，近在咫尺，收銀台的鈔票絕對是一萬六的好幾倍。而且保證沒有抵抗。

要上她，大概是唯一合理的答案。

如果他習慣在每次殺了人之後就找女人，又在附近恰巧遇見自己，那這個色色的想法就說得過去。

但說得過去也僅僅是說得過去的程度。

就算上帝給她絕對不會被殺的保證，她還是很害怕。

剛剛那個行兇的畫面正好印證了自己的想法。

那種殺人的眼神不帶仇恨，不帶動機，完全就是電影裡職業殺手的典範。

「我給你錢！」

然後拳頭直接將這驚恐的表情打碎，眼珠子迸出窟窿。

現場看，跟看了報紙才知道自己跟職業殺手交媾的衝擊，完全無法相提並論。

究竟，那是什麼拳頭啊？

根本就是大砲。

雖然這麼說完全沒有根據，但她想，如果這男人走上拳擊舞台，就連現任的重量級拳王也招架不住他這一拳吧？

「……」小恩勉強仰起頭，看著他。

「快到了。」他微微點頭。

兩人穿過川流奔騰的霓虹，鑽進藏污納垢的小巷。

前天才踏過的危樓鐵梯，前天才聽過的鎖孔聲，前天才聞過的潮溼味。

彷彿時光倒流。

「去洗澡。」他脫下衣服。

小恩聽話地走進浴室，在熱水的安撫下將皮膚燙紅，暫時鬆了口氣。

他沒注意到，自己可是揹著小包包走進浴室的。包包裡有手機可以報警。

不。

是一點都不在意吧。

不管警察怎麼破門攻堅，他還是很有餘裕扔來一拳。

一想到這裡，小恩莫名其妙放了心。

處於絕對悲慘的劣勢，反而不必想太多，要活命聽話就是，或許有一線生機。

她走出浴室的時候用大浴巾將身體裹了一圈，而他如同上次，赤裸裸地坐在躺椅上，像看電視一樣看著冒著熱氣的小恩。

小恩小心翼翼席地而坐，絕不重蹈覆轍上次將浴巾卸下的窘境。

隔壁住戶那頭依舊傳來那首康康翻唱自張學友的〈藍雨〉。

無限迴路重複的歌聲，彷彿將時間纏繞、圈養在這個殺手空間裡。

「對不起。」小恩的腳趾縮了起來。

「……不會。」他說，聲音低沉。

兩人對看，又是對看。

這個職業殺手似乎很習慣這樣，一點也不難為情。

他沒有生理反應。

她當然也不會有。

牆上時鐘的刻動聲又成了這空間唯一有知覺的存在。

不，還有那股略微嗆鼻的氣味。煙硝味。

從他殺人的拳頭上發出來的。

小恩不知道將視線擺哪，只好將他身上的肌線瞧得更仔細。

用動物來比喻的話，獅子與老虎擁有雄渾爆發力，最強壯，但肌肉過剩。

這男人像一頭鐵鑄的豹。

削瘦，精密，每一吋的肌肉都是為了攻擊存在。

獨行，矯捷，殺著一瞬而逝。

許久。

比許久再久一點。

「你想說話嗎？」小恩吞了口水。

電影裡的女人質，跟綁匪總是有話聊的。

至今還沒看過任何一部電影，綁匪會真的殺掉跟他一直聊天的女人質。

職業殺手有點訝異，聲音更低了：「說什麼？」

卻不兇。

「你會殺我嗎？」小恩鼓起勇氣。

「我為什麼要殺妳？」他說得很慢，每一個字都很慢，好像沒有上油的滾輪。

像是怕小恩聽不懂，隔了五分鐘，他又補充：「沒人付我錢。」

這句話像直接灌進身體的氧氣，小恩一下子放鬆。

「我發誓，我絕對不會跟任何人說關於你的事。」她感激得想哭。

這倒是小恩的肺腑之言。

他點點頭，不過好像不怎麼在乎。

此時，門縫底下晃過一道黑影。

他像砲彈一樣彈向門，飛快打開，沒有浪費任何時間單位。

門外沒人，倒是悶熱的風灌了進來。

照例留下一只牛皮紙袋。

棕黃色的，在任何文具行都能輕易買到的、最普通的那種牛皮紙袋。

他慎重撿了起來，有點疑惑、有點期待地關上門。

……原來如此，小恩心裡又更踏實了。

果然，他呼吸急促，手指的動作既倉促又竭力謹慎，像小孩子拆開禮物般打開牛皮紙袋。

如果不知道他是職業殺手，小恩恐怕會覺得他有點可愛。

「請幫我唸。」他拿出裡面的紙張，用最恭謹的語氣。

A4，平凡無奇的紙質，新細明體，字體大小12。

故事，蟬堡。

沒有夢的小鎮之章，章節十。

威金斯警長的頸椎受到的傷害，讓他必須在醫院躺上兩個星期。

調查麥克醫生月夜殺人案件的差事，自然就落到了副警長的頭上。全鎮的人都很關注這案件的發展，關注到每戶人家都不停地談論。副警長自認力有未逮，於是請了牧師協助調查。

瑪麗的陰道有精液反應，顯然麥克醫生在殺死瑪麗前性侵害了她。麥克醫生平日是出了名的好好先生，為什麼會犯下這種毀掉自己清譽的事？只是一時的失心瘋？還是圖謀已久的犯罪？如果是後者，難道麥克醫生真心認為自己可以不留下任何把柄、逃過法律的制裁？

小恩盡量用平緩的語氣讀著故事。

他閉著眼睛，像個睡著的孩子。

如果要說逼姦不遂，未免東窗事發，麥克醫生決定掐死奮力掙扎的瑪麗，不料用力過大，導致被害人的頭顱整個被扭下，未免也太沒有說服力。不過瑪麗的斷頭處血肉模糊，不見工具切割的痕跡，而是一團團遭強力拉扯的組織。

簡單說就是稀巴爛。

話說回來，麥克醫生能徒手扭斷自己的頸子，自然也能不用任何工具就摘掉一個十五歲女孩的腦袋，目擊證人有三十四位，此事不須懷疑。

那晚阿雷先生被直接抓倒在地上，腳踝遭麥克醫生一陣糟蹋扭折，他與威金斯警長幾乎在第一時間就被麥克醫生狂暴地捏昏，也能作為麥克醫生兇器般握力的證人。

問題是，這份怪力竟來自一個中年發福，未曾認真鍛鍊過肌肉的男人，怎麼可能擁有這種可怕的「握力」？不，這種等級的「握力」已經不是「握力」，而是一種「超級破壞力」。

「這個故事跟上一次的故事根本接不起來。」小恩疑惑。

「只到這裡嗎？」他睜開眼睛，有點失落。

「不，還有。」

「沒關係，往下唸。在結束之前請不要停太久。」

再度閉上眼睛。

就這樣，小恩再沒有終止故事的節奏，一口氣唸到紙底。

故事到了此章盡頭，他幽幽醒轉。

這一章特別精彩，即使與上一次讀的篇章不太搭嘎，但小恩也讀得很過癮。

「這究竟是什麼小說啊？」她問。

「謝謝，可以……」他懇切地問：「再讀一次嗎？」

小恩點點頭，用更慢的語氣再讀了一次。

這是個奇幻的、黑暗的故事。
僅僅讀過兩章，就讓那故事活在小恩的靈魂裡。
唸完了，不等他睜開充滿混沌的眼，小恩又唸了第三次。
他的呼吸聲充滿感激。
當現實世界再度降臨時，他站了起來，將她抱住。
獸性地要了一次。
小恩感覺自己像是在跟一塊質地柔軟的鐵做愛，不像是人，卻也不像交易。
至少不是鈔票與肉體的那種交易。

結束時，他沒有像上次一樣倒頭就睡，而是僵硬地看著天花板。
而小恩則覺得自己剛剛死過一次。
這次小恩注意到，他一滴汗也沒流。
那些淌在他身上快要沸騰的漿液，都是虛脫的自己留下來的。
也許剛剛所謂激烈的交媾過程，對他來說根本不到流汗的程度。

小恩竟有些歉疚。

他起身，從丟在地上的長褲口袋裡拿出皮包，數了十六張千元大鈔給她。

「謝謝。」小恩腦袋一片空白收下。

他觀察她的表情。

「不夠嗎？」

「夠。」小恩的聲音有些顫抖：「很夠了，謝謝。」

那些少女漫畫都怎麼形容這種男人？

未知的生物。

是了，就是未知的生物。

這男人一定沒有叫過女人。要不，就是總是被女人騙。

他一言不發，繼續看著小恩。

小恩被看得臉都燙了起來。這種感覺從來沒發生過。

每一本言情小說的核心都是「緣份」兩字。

不可思議的緣份表現在男男女女陰錯陽差的巧遇，但就是沒有一本小說提到關於職業殺手赤手空拳擊碎一個人的臉後，立刻偕同援交妹一起全身脫光光讀小說，然後交媾的故事。

沒可能有這種事。

很多小說家都會宣稱：「現實比小說還要離奇，因為真實人生不需要顧及到『可能性』。」

但真正比小說還要離奇的真實人生到底有多少？

小恩有種嗑了藥的迷幻感。

「你殺人。」

她說出這三個字的時候，喉嚨、嘴唇、牙齒，一點感覺也沒有。

連害怕也變得太抽象。

「我殺人。」

他說，語氣很乾淨。

跟「是的，我是個工程師。」差不多的那種語氣。

「你真的不會殺我？」

「不會。」他每個字都很慢：「妳唸故事給我聽，妳很好。」

小恩不知哪來的勇氣，挺起微喘的胸膛，說：「我可以知道你的名字嗎？」

「他們都叫我鐵塊。」他有點生澀地說。

鐵塊。

這兩個字不夠資格稱為名字。

卻很傳神。

「你殺過很多人嗎？」

鐵塊默認。

「你殺人，怎麼不用槍？」

「沒想過。」

「殺一個人，可以賺多少錢啊？」

她這麼問的時候，自己也大吃一驚。

「……不一定。」鐵塊的聲音勉強從牙縫中敲出。

她輕輕摸著鐵塊暗灰色的手指：「你的拳頭很硬。」

鐵塊任她撫摸。

「怎麼會有火藥的味道呢？」她很好奇。

那股神祕的煙硝味一直沒有消失過，在做愛的時候尤其濃烈。

鐵塊默然。

「你幾歲？」

鐵塊默然。

「有沒有被關過？」

鐵塊默然。

「這裡是刀疤嗎？是哪一種刀砍的啊？嘩！」

「你有被子彈打到過嗎……對不起，是這裡對不對？還有這裡。」

「你舉重都舉多少磅的啊？」

「你是不是看不懂字？還是懂一點點？台灣人還是外國人？」

「對了，你以前有當過兵嗎？還是國外的傭兵？」

無論是什麼問題，鐵塊不再說話了。

小恩沒有感覺到鐵塊有一絲不耐，更沒有敵意。

或許鐵塊只是很單純地不想說話，要不，就是用光了今日說話字數的額度。

倒是小恩，她好像一點也不怕了。

不過面對一個不肯說話、卻不介意大眼瞪小眼的職業殺手，即使不再感到恐懼，也很無聊。一無聊就很容易尷尬。

如果像平常一樣銀貨兩訖便一走了之，那也沒什麼。而且更好。

沒有援交妹真正喜歡跟拿錢搞她的男人說話，最好是射完擦乾淨就走。

但小恩並沒有一定要回去的地方。

沒有人在哪裡等她。

更重要的，小恩有點莫可名狀的興奮。

「那個小說，蟬堡，到底是什麼東西啊？」

鐵塊皺眉。好像問了不該問的事情。

小恩靠近，大著膽子說：「你還有很多吧？蟬．堡。」

「……」鐵塊的眉頭鎖得更緊了。

小恩微笑。

她很想讀完蟬堡所有的故事。

最好的，甚至也是唯一可行的辦法，就是……

「你想要重聽一次所有的蟬堡嗎？」

鐵塊瞪大眼睛。

小恩掩不住嘴角邊的小勾，說：「我可以重唸一次給你聽。」

如她所想，鐵塊立刻從躺椅上坐起，用生怕她反悔的焦切速度從底下撈出一個鞋盒，打開，從裡面拿出一大疊寫滿故事的A4紙。

小恩感到有些好笑，那麼寶貝的東西，竟就這樣放在連個鎖都沒有的鞋盒裡。

「嗯。」鐵塊勉強從明天的說話額度裡，預提了一個字。

「有水嗎？」小恩光是看到這疊故事，就覺得很渴。

鐵塊怔了一下，隨即會意過來。

他衝進浴室，一陣沖水聲，再出來時已抓著盛滿自來水的漱口杯。

「……」小恩看著塑膠漱口杯，看看鐵塊，勉為其難喝了一口。

鐵塊重重閉上眼睛。

於是又開始唸故事了。

這個神祕的故事章節錯亂，敘事迷離，場景看似紮根在美國內華達州的綠石鎮，來自西元一九七六年，卻又東奔西走。

沙漠、繁城、地底、監獄、巨腦、巨船……

猶如跳躍的火焰，給那流焰輕輕掃到，便即狂燒成另一個灼熱暴躁的故事。

殺戮、囚禁、遊戲、雙胞胎、怪物、分裂……

小恩原本很有耐心，保持穩定的速度。

但想侵犯下一句話的視覺慾望，逐漸超越用唇齒逐字讀它的平衡。

於是越唸越快，卻唸越急。

專注用聽覺跟蹤故事的鐵塊，全身開始滲汗。

他的想像在加速的過程裡再無法保持姿勢，幾乎要踉蹌飛行起來。

那股煙硝味隨著汗水的蒸氣，瀰漫了整個房間。

隨著不同章節故事的大量鬆脫、無法直接串連，甚至還開始碰撞、激烈矛盾；半小時後，小恩的思考也被重新拆解、中斷、錯亂，唸故事的速度明顯銳減。

這一慢，鐵塊全身虛脫，腳下早已被熱汗溼了一片。

再唸半個小時，鞋盒裡的蟬堡還有三分之一沒有讀，突然一陣鼾聲。

鐵塊恍惚睡著了。

而小恩也正好失去了往下讀的力氣。

這故事精彩，卻因章節闕漏變得好複雜，恐怕不是一口氣能讀完的，她想。

他睡了，錢也拿了。

她也該走了。

小恩有個念頭，她想將蟬堡偷偷拿回家，或至少拿去附近的便利商店影印複製一份，畢竟這個奇妙的故事不知道出自何處，搞得這麼神祕，應該不是在網路上可以用Google搜尋得到。

只是她有個預感。

她還會遇到這塊殺人的鐵。再見面時可不想用求饒開始。

她將奇異的小說紙稿放回鞋盒，擺回躺椅底下收好，有點戀戀不捨。

「一個職業殺手，怎麼會在我這種女孩旁邊睡得這麼熟？」小恩看著他。

鐵塊的皮膚又因深度熟睡而發燙，像個玩過頭的小孩子。

離開的時候，巷子沁涼的晚風未能將她帶回真實的世界。

唯一跨越夢境與真實的東西，大概是皮包裡那十六張千元大鈔吧。

15

回到廉價的小旅社，她迫不及待打開電視，很快就找到重播的社會新聞。

為了客人打砲的隱私，汽車旅館並沒有監視器正對著櫃台，所以沒拍到鐵塊行兇的畫面。死者的頭部被馬賽克蓋住，但記者誇張的用語將死狀淋漓盡致地形容出來。

三立新聞台：「臉部全毀，兇手好像是用了小型炸藥。」

TVBS 新聞台：「太慘了，根本看不清楚原來的樣子。」

東森新聞台：「好像是鉛球近距離砸中了死者的臉，而且是反覆地砸……」

民視新聞台：「除了臉部的重傷，死者的肩膀也嚴重骨折，慘不忍睹。」

中天新聞台：「臉部的骨頭幾乎全部碎裂，滿地都是乳白色的腦漿。」

至於死者的身分，根據警方的說法，是一個叫黃志偉的媒體記者。

不曉得這個記者是寫了哪則新聞得罪了誰，對方要用這麼殘暴的方式要他的命？媒體同業諱莫如深。至於一個媒體記者，怎麼買得起價值三百萬的賓士轎車，又怎麼會隨身帶槍，也是警方繼續追案的重點。

不過這都不是小恩關心的東西。

鐵塊殺掉那個記者，只是因為職業需要。

就跟自己一樣，跟誰誰誰做愛，不如說是跟鈔票做愛。

真正的兇手，應該是幕後花錢的人。

那些新聞畫面僅僅是小恩回憶發生一切的輔助。

什麼樣的人會「變成」職業殺手呢？

冷血？

或許有一點吧。但鐵塊不像是壞人，比較接近沒有豐富感覺的人。

比起每一筆單都至少千萬的月，鐵塊看起來好像也不怎麼收入優渥。像鐵塊這種赤手空拳就能完成任務的人，在「業界」應該是頂尖高手吧，怎麼會住得那麼簡單？沒有冷氣，沒有洗衣機，沒有冰箱，沒有微波爐。衣服、牛仔褲跟皮包都不是名牌，質感也很粗糙。一定也沒有車。

對了，連電視都沒有。

明明做一樣的事，月久久殺一次人就可以過得很好，還有兩千多萬人拍手叫好。社會公器媒體當然得批判他，骨子裡愛他愛得要命，毫不吝嗇用大快人心等用語平衡掉那些裝飾門面的假批評。

鐵塊則是勞碌命，距離上一次殺人才兩天。說不定這兩天間還殺了另一個人，只是沒有上新聞而已。

記者還直接稱他為殺人兇手。沒一個人挺他。

最爛的是，付錢給鐵塊的人一定是欺負他。

小恩竟有點生氣。

如果有人只付兩百塊錢就想上她，她一定當場走人。一樣的道理。

此時，電視畫面——小恩看著警方根據櫃台小姐的筆錄所畫的畫像。

「拜託，一點都不像好嗎?!」

那個櫃台小姐一定是太緊張了，跟警察說了亂七八糟的東西，當時她縮在桌子底下一動也不敢動，恐怕連鐵塊什麼時候走的都沒勇氣站起來確認吧，因為新聞完全沒提到鐵塊走的時候，還從後面的車子裡擄走一個女孩……

至於原本那個想帶自己開房間的墨鏡男？

算了吧。

不管怎麼將援助交際大費周章掩飾成一夜情，道德上也過不了關，他根本不可能跟警察說什麼。

「不過，我知道你住哪裡。」小恩自言自語。

如果主動去找鐵塊，他會怎麼想呢？

如果每次去找他，都有十六張鈔票可以拿的話，也不是壞事。

反正鐵塊一定很歡迎，因為她會很勤勞地唸故事給他聽。甚至唸到他睡著為止。

但這種主動上門討錢的援交妹，好像從來沒聽說過吶。

小恩胡思亂想，突然覺得今晚好累好累。

身子往旁一摔，眼睛閉上。

黑暗中，第一個畫面，是蟬堡裡恐怖的雙胞胎。

第二個畫面，是鐵塊赤裸裸坐在她面前乞討故事的眼神。

小恩將臉埋在枕頭下。

「……下次換我找你好了。」

16

這次去藥局前，不像上次那麼慌慌張張。

她習慣性走進便利商店買飲料。

頭髮的狀態始終很糟糕的工讀生趴在讓客人用餐的簡食桌上補眠。

夜班女工讀生心儀的乳八筒則坐在櫃台後，聚精會神看著一本叫《搞砸事情很簡單》的怪書，鼻子跟嘴唇間夾了一支原子筆，嘴因此半嘟了起來。

而乳八筒的手肘下，正壓著那本藍色的工作記錄簿。

結帳時，小恩特意瞄了那疊快賣光的報紙。

今天蘋果日報的封面不是街頭殺人，而是一個國中女生被班導師性侵的醜聞。

刊頭照片放得很大，雖然有一條黑線橫過女學生的眼睛，但還是很清楚知道女學生長得很漂亮。至於犯罪的男老師就沒這種禮遇了，不僅全名曝光，還附贈一張笑得陽光燦爛的大頭照。

標題很聳動：杏壇醜聞！驚爆導師對國中女生荒淫的課後輔導！

「怎麼封面不是放昨天晚上那個……街頭殺人的新聞？」她隨口說。

「這個問題問我就對了。」乳八筒刷過飲料條碼：「二十塊。」

「喔？」小恩將兩個銅板放在桌上。

乳八筒打開收銀機，在發票機的切切聲中慢條斯理地說：「如果不是特別聳動，有點色情的犯罪新聞比殺人放火的新聞，銷售的速度要快兩倍……至少。要知道雖然網路已經非常發達，但還是有很多人跟網路不熟，要接觸色情的資訊買份報紙還比較有效率，還相當有真實感。」

「……有那麼誇張嗎？」

「天知道有多少人會看著性侵害的示意圖自慰。」

小恩瞪大眼睛，這個工讀生還真敢講。

「跟總統被炸彈炸死的新聞比起來呢？一個未成年少女被壞同學輪姦的新聞還是賣得更好嗎？」

「雖然總統不可能被炸彈炸死，不過我還是回答妳。」乳八筒自信滿滿地說：「色情的頭條賣得比較好，但如果大家都把總統被炸死的新聞放頭條，你卻獨獨不放，那也未免不倫不類。所以萬一萬一有一天總統被爆頭了，蘋果還是會把總統的照片登在頭版的。」

「那我問你，既然一樣都是殺人，為什麼前天在西門町，職業殺手一拳殺掉黑社會混混的那個新聞，怎麼可以上頭版？」

「答案顯而易見。最重要的是有人用手機拍下兇手的照片，只要有圖，記者就可以寫個誰看了都不敢相信的故事。再來就是，前天兇手殺人的地點很誇張，比起本來就容易出事的汽車旅館，人來人往的西門町就有爆點多了。」

有點道理，小恩問：「你怎麼懂這麼多啊？」

乳八筒可得意了：「首先，由於我是個便利商店店員，又是白天班的，自然對報紙銷售的狀況非常了解。再加上我個人的資質很好，研究一下報紙頭版的新聞運作方式，也是很合乎邏輯的。」

這年頭，模仿星爺的電影台詞已是每個人的習慣。

「再來呢？」

「再來就是我看了很多書，當然比較聰明啦。」

「為什麼要看很多書啊？」小恩硬生生把「雖然都是一些沒用的書」這句話吞進肚子裡。

「在大城市安身立命可不容易，我們鄉下來的，要更有競爭力，要更了解這個世界一點，當然就要比你們都市人多看一點書啊。什麼書都看，怎麼樣也不吃虧吧。」乳八筒這才將發票交給小恩。

小恩接過發票，打量著乳八筒。

這個人怎麼看，都不像是夜班女工讀生所說的，是一個相當沉默寡言、只在工作記錄本上盡情囉唆的人。而是完全的超級愛講話。

「謝謝。」

「不客氣。」

就要走的時候，乳八筒突然又喚住小恩。

「對了，這份問卷。」

乳八筒從口袋裡拿出，一份皺褶過多的A4紙。

「……嗯？」小恩接過。

但上面一片空白。

「對不起，我沒有女朋友。」

「啊？」

「原本我想快速交一個女朋友幫妳填問卷的，但想一想還是太趕了。」乳八筒有點抱歉：

「對不起，沒能幫上妳的忙。」

小恩怔了一下，卻沒接下那張皺皺的空白問卷。

「？」

「不用了，你收著吧，有一天你交女朋友了再幫我填。」小恩想笑。

乳八筒點點頭，用很堅強的表情說：「一言為定，我們鄉下人最講義氣了。」

小恩的心情意外的好。

她迫不及待將這個小小又大大的好消息，跟夜班的女工讀生說。

此時一個老伯走進便利商店，一開口就要買香菸。

小恩忽然想起了一件事。

「你看了很多書，對奇怪的味道有沒有研究？」小恩有點期待。

「我沒看過很暢銷的那本法國小說《香水》，不過，我家倒是有一本《大驚奇！奇怪味道面面觀》，作者是宮本喜四郎，他針對很多味道寫了很多一點都不感人的小故事。不過這顯然不是重點，妳想問什麼？」

「如果……一個人的手會發出火藥的味道，最可能是什麼原因啊？」

「火藥的味道……妳怎麼知道是火藥？」乳八筒沉吟，一邊幫老伯將香菸結帳。

「應該是吧？有點像硫磺，對了，泡溫泉的時候有聞過差不多的味道。」小恩等著：「但比硫磺還……該怎麼說，還要更鮮明一點、濃一點吧。」

那趴在桌上補眠的工讀生則從頭到尾沒醒過來，非常安詳。

「這只有兩種可能喔。」乳八筒將發票跟零錢遞給老伯，不疾不徐地說：「第一種，就是他剛剛泡過溫泉。第二種，就是所謂的煙硝反應了。」

「煙硝反應？」

「這是我在李昌鈺寫的犯罪現場鑑定還是勘驗的書看到的，大概是說，一個人若是開槍，火藥會以高速噴濺到他的手上，至於味道有多重，就看被火藥噴到多少吧。」乳八筒皺眉，回憶道：「煙硝反應會殘留在手上長達二十四小時以上，據說不管怎麼洗手都洗不掉，肥皂、清潔劑都沒用，只能等味道自然消失。所以啊，警方有時候若在案發初期就鎖定了特定的嫌疑犯，就會用儀器檢測嫌疑犯的手上有沒有煙硝反應，當作是很重要的輔助性證據喔。」

「開槍？」換小恩皺眉了。

這就怪了。

鐵塊沒有用槍，這是她親眼目睹。

即使僅有兩次短暫相處，在想像裡，也很難勾勒鐵塊用槍的樣子。

「怎麼了？」

「有沒有可能，一個人天生的味道就像是火藥？」

「硬要說有可能也是可以啦。人的體味應該也是五花八門，認真分類的話狐臭也可以分為十四種，髮香也有二十八種之分。但火藥？我只能說，太牽強了吧。」乳八筒搔搔頭，說：「妳是在比喻一個人的脾氣很壞，所以聞起來像火藥嗎？」

小恩有個新奇的假設。

「假設喔，只是假設喔，如果一個人的手會發出火藥的味道，那……如果拿打火機燒一下，會不會就這樣爆炸？」她感到興奮。

這下換乳八筒愣住了：「我實在不明白妳在說什麼。」

小恩笑笑走出便利商店，留下乳八筒不知所謂的聳肩。

她在心中默默激動。

像她這麼平凡無奇的女孩，竟然遇見一個這麼可怕的職業殺手。

他的拳頭，在殺人時竟會發出火藥的刺鼻味。

在漫畫裡應該可以稱為……「拳槍」吧！

她低頭，看著自己的手。

突然在這個世界上，也想偷偷握緊些什麼。

17

「真的很謝謝妳！」

女工讀生抱住小恩，牢牢的，緊緊的。

今晚小恩什麼也不想做，窩在旅社裡看電視、吃零食，然後再接再厲看電視，好不容易終於捱到這個時候才又出門。

為的就是，享受女工讀生用力稱讚自己的感動。

兩個女孩坐在便利商店店門口的石階上，長飛丸則在騎樓走來走去，既沒有要離開，卻又覺得一直趴著很無聊。巡邏似的。

看著女工讀生開心的模樣，小恩覺得自己也快飛了起來。

「雖然我搞不懂妳為什麼會喜歡他，不過，祝福妳。」小恩流露羨慕的神采。

「哎呀，祝福什麼啊。」女工讀生臉紅紅，說：「我們又不是什麼，什麼也不是，就只是單純的同事。而且……還不是一起上班的同事。」

是啊，只不過是知道對方沒有女友，如此而已。

「有想過換班嗎？」

「不可能，我白天要上課。」女工讀生很快就回答，顯然也曾考慮過這件事：「而八筒晚上還要兼差另一份打工，根本不可能調班。」

「喔。」

女工讀生像是想到了什麼，匆匆轉身進店，出來時手上拿著兩大杯思樂冰。

「差點忘了請妳，嘻嘻，謝謝呢。」女工讀生幫小恩插上吸管。

「我不客氣啦！」小恩得意地喝了一大口。

深夜的便利商店很寂寥，若不是有小恩相陪，就只有廣播電台的聲音。

雖然不算真正認識，也沒有什麼像樣的自我介紹過，聊天也是有一搭沒一搭的，然而女工讀生與小恩用寂寞相逢，自有一番相惜的感覺。

女工讀生打開藍色的工作備忘錄，與小恩一起分享。

雖然小恩對那些密密麻麻的日常生活記述一點也沒興趣，不過還是笑笑跟著看。看著看著，她開始擔心，如果女工讀生知道現實生活裡的乳八筒，跟備忘錄裡的乳八筒如出一轍，都是囉唆至極的人，她恐怕會幻滅。

「雖然他沒有女朋友，但我根本就不知道怎麼跟他有……一點點開始的機會？」

女工讀生杵著下巴，嘟著嘴，任誰都看得出來是幸福的小煩惱。

小恩的臉貼著膝蓋，咬著吸管，看著工作備忘錄裡描述某天黃金梅利的早餐。

「為什麼……同樣的一條狗，他叫牠黃金梅利，妳卻叫牠長飛丸啊？」

「他很愛看《海賊王》啊，所以就用了海賊王裡魯夫他們坐的第一艘船當作狗名吧？我呢，也愛看漫畫，不過我最喜歡的是《潮與虎》，我家有一整套喔，以前舊版叫《魔力小馬》，我也有收集。」女工讀生說著說著：「所以我就用潮與虎裡跟主角並肩作戰的大妖怪當作牠的名字啊。」

這些，都是小恩早就知道了的。

「不是，我的意思是，為什麼你們明明知道對方都用不同的名字叫這條狗，卻還是不肯讓步，要用自己的叫法叫牠啊？」

「我沒想過這個問題耶……被妳這麼一問，好像有點怪怪的。」

「也不是不可以啦，只是覺得……那牠都不會錯亂嗎？」小恩看著這隻等同被這間便利商店領養的狗狗。

牠顯然從未洗過澡，看起來卻也沒髒得太過分。

「我也沒想過這個問題耶。」女工讀生皺眉：「名字對狗來說很重要嗎？」

「如果你們覺得不重要，一開始就不要取名字才對吧。」

「如果不重要，叫什麼好像也無所謂？」女工讀生想了想，說：「要我從現在開始叫長飛丸叫黃金梅利，也不是不可以啦，只是會有點怪怪的。」

「名字隨隨便便地換，狗狗知道了也會有點難過的吧。」小恩頗不同意。

兩人開始繞著這個問題打轉，一下子又牽扯出很多問題。一個問題又扯出好多明明很普通卻又充滿矛盾的小問題。小問題之內又是好多大問題。

如果有個語言學家還是哲學家也在現場，準能發現不得了的意義盤在裡頭。

突然，小恩隨口說：「我覺得，妳可以跟他討論這個問題耶。」

「是嗎？不會無聊嗎？」女工讀生。

「我覺得他那種人一定有很多很多話可以說的。」小恩看著思樂冰凍結空氣、滴在地上的水漬：「而且，說不定這條狗……不管叫什麼名字，都是你們唯一共同的話題吧。」

唯一共同的話題啊……女工讀生若有所思。

「那我要怎麼跟他討論啊？」女工讀生有些苦惱，說：「我下班的時候就是他上班，我還要立刻趕回家準備上課，如果不能好好聊，乾脆不要聊好了。」

「我覺得妳可以在工作備忘錄裡，把自己想說的話也寫下來啊。」小恩的手指敲敲工作備忘錄的藍色合成塑膠皮：「這樣一定可以聊得很開，又可以保存下來。」

女工讀生怔住，久久才說：「……我怎麼之前都沒想過？」

這個表情真是太棒了，讓小恩有點高興。

「不過，這讓我有點緊張。」女工讀生深呼吸。

「就像對話一樣，自然地寫點東西上去就行啦。」小恩繼續出主意。

「對話？好像很有趣的樣子。」女工讀生忍不住笑了，開始興奮起來。

這種漫不經意的開始，最適合她這種跟喜歡的男生說話會語無倫次的女生。

還有……這不是有種交換日記的感覺嗎？真有點小浪漫呢。

「妳真的沒有談過戀愛嗎？妳真的是我的小天使。」

「哪有，我只是……站在比較旁觀者清的角度吧，沒有什麼。」

「謝謝妳。謝謝妳真的。」

「有進展，要跟我說喔。」小恩鼓起勇氣，伸出左手小指。

「一定。」女工讀生開心地保證，勾勾手。

18

連續好幾天，電視裡、報紙上都沒有徒手殺人的最新新聞。

至於後續的追蹤報導乏善可陳，全都是記者的幻想文。

漸漸的，沒有圖片就沒有看圖說話的空間，新聞擠到了最邊邊。

這讓小恩感到很空虛。理由也說不上來。

「鐵塊最近沒人可殺嗎？」小恩將報紙塞進垃圾桶。

唯一讓小恩高興的，是女工讀生報告的小進展。

真的都是微不足道的小進展，一開始，無一不是藉著工作備忘錄裡的員工留言，說些店裡發生的小小事件的感想。後來話題不夠，還會參考最近發生的小新聞，寫點直言不諱的想法。白班的男工讀生看的書又多又雜，雖不愛寫書評，卻熱衷從書裡摘出幾個好句子抄在工作備忘錄裡，跟晚班的女工讀生分享。

例如：「人生就像被強姦，當妳無可抗拒，乾脆好好享受吧。」「一見鍾情就像宇宙兩塊隕石撞在一塊——沒有技巧，只有運氣。」「王大明，你的爸爸被溶解了。」「隱私不像鈔票，被偷一點就少一點。」

多的是沒頭沒尾、顛三倒四、自以為是的怪句子。

女工讀生則多寫些學校裡發生的小趣事。

「今天體育課的代課老師很壞心，明明上個禮拜就說不會游泳的人可以……」「我真的不懂為什麼張筱英什麼都聽她男朋友的，連吃個火鍋都……」「很久沒去唱KTV了，一開始只是沒時間，但後來大家約著約著……」

諸如此類。沒有探到心思的最底，卻有很多舒服自然的叨叨絮絮。

這些叨叨絮絮，女工讀生都沒跟小恩說過，只是讓她看。

她很羨慕，也想有這種聊天。

可惜她沒有普通的生活可以跟女工讀生聊，因為她的生活一點都不普通。

那幾天小恩的運氣很背，一連接了幾個爛客人。

一個是怕回家後老婆發現、說什麼也不肯在做愛前洗澡的計程車司機。

「歹勢啊，不要這麼計較，讓叔叔搞一下，很快就搞定啦！」

司機嚼檳榔還硬親嘴，加上濃得快釀汁的狐臭，熏得小恩邊做邊哭。

「不要嚎啦，再嚎下去我會軟掉！」

司機搞得很煩，最後抱著她亂射一通。

一個是花了兩小時還是舉不起來、卻堅持沒有射就不給錢的老榮民。

「沒有射怎麼給錢呢？妳這不是不講道理嗎？」他這麼抱怨，壓著小恩的頭。

不意外，小恩趁他進浴室洗澡的時候，偷偷抽走他皮包裡的三千塊就想跑。

踏出房門前，一想到這老王八蛋不顧苦苦哀求，持續不斷用手指弄痛她……

小恩回過頭，打開窗戶，抓起他的衣服往樓下丟。

還有更差勁的。

一個高中老師自行帶了套鵝黃色的貴族學校制服讓她換，然後邊上她邊嘲笑。

「成績好了不起啊？家長後台很硬了不起啊？還不是被我當母狗操！」

那老師忿忿不平，從後面來。

一手用力拉著她的頭髮，一手猛力摔她的屁股。

「叫啊！平時不是意見很多嗎？叫啊！叫啊！」

大概是看在小恩紅通通的屁股份上，這位傳道授業解惑者給錢的時候倒很大方，多了一千塊，還慎重下跪道歉。

「真的很抱歉，我只是想控訴這個社會不公義的一面，對不起。」

他不住磕頭，避開小恩哭紅的眼睛。

差勁，但永遠都有更差勁的。

一個在兒童美語教書的美國籍白人胖胖老師，過程中雖然竭力保持紳士風度，甚至還幫她洗澡，做完後還給了說好的兩倍價錢，用的全是美鈔。

假的美鈔。

一想到在做的時候、小恩因他的憐香惜玉努力陪笑回報，她就躁鬱作嘔。

就是這些爛人，讓小恩越來越覺得自己是個爛貨。

每個人都有自己的人生，小恩從沒想過自己為什麼過的是這種模樣。

反正爛貨理當如此，沾不上好運的邊。一輩子也別想。

是存下了點錢，卻也不知道要做什麼。因為爛貨根本不配有夢想。

遇到爛客人，小恩就拖著疲憊的步伐，走到便利商店買零食、買飲料。

然後跟沉浸在工作備忘錄裡用原子筆聊天的她，說說話，聽聽她的開心。

畢竟全世界，只有那夜班的女工讀生還不知道她是個爛貨。

可今天晚上特別不順。

約莫九點半吧，小恩在西門町一間包廂漫畫店上網打發時間。

一個視窗是奇摩的網路拍賣，一個視窗是PChome的網路購物，三個視窗是聊天室的即時對話，一個視窗是好友名單一長串的MSN對話。

這些視窗彼此獨立又忙碌。

小恩翻著最新一期的服裝雜誌，一邊在奇摩拍賣上輸入關鍵字。

肩膀突然給按了一下。

她抬起頭，竟是第一任「男友」。

好久不見，也一點都不想見。

「哈，真巧耶，大家的生活圈還是差不多嘛！」眼白泛黃、鼻毛露出的男人露出毫不知恥的笑容：「我有時候還會想到妳耶。」

「嗯。」小恩一時不知道該說什麼。

連擠出厭惡的表情都有點來不及。

「在做什麼啊？」

「上網。」

「我知道啊哈哈。我是在問妳，在上學？還是在哪裡上班啊？」

「用不著你管。」

小恩總算將臉色擺出來了。

她不恨他，畢竟他沒強迫自己做過什麼，一切都是她自己爛。

但，總可以討厭他吧！

「別這麼說嘛，我剛剛不是說了，我有時候還會想到妳耶。」男人的手不安分地捏著小恩的肩膀，靠近她的耳朵吹氣：「美美。」

美美？

小恩一怔，然後一陣火起。

「跟我一起住吧？我很想妳。」男人吻了她的脖子一下。

從那男人身上傳來的腐爛氣味，讓小恩完完全全醒轉。

「可以。」小恩冷冷地說，視線沒有交會：「一天一萬塊錢。」

男人的舌頭好像僵住。

「美美，妳在開我玩笑吧？」男人的鬍渣刺得小恩的臉好痛。

「跟你開什麼玩笑，要碰我，就給錢。」小恩推開他。

男人一下子火大，大叫：「他媽的，老子操妳操了幾百次了，跟我收錢？」

竟就在店裡手來腳去，男人粗暴地抓起小恩的頭髮晃來晃去。

「不給錢就別想上！」小恩尖叫：「服務生！服務生！」

所有客人全都從窄小的包廂座探出頭來，個個眼神熱烈又興奮。

店裡的服務生趕緊將兩人拉開，將動手的男人趕了出去。

男人一邊朝門口走，故意大罵：「幹！死援交妹！穴都爛了還敢出來賣！」

小恩全身都在發抖。

即使那些獵奇的眼睛一個個坐回自己位子，她仍感受到四周排山倒海的窺伺。

「對不起，請問需要報警嗎？」服務生好心地問。

她只是一直搖頭。

不想立刻被前男友在附近堵到，小恩倔強地坐在原來的位子上，面無表情上網。看漫畫。看雜誌。連去洗手間也沒有。

一個小時後，一個假意經過的男生，悄悄遞上一張紙條。

三個小時後，小恩的杯墊下已墊了七張不懷好意的邀約訊息。

直到長夜將盡，小恩才離開。

她沒有哭。

哭出來就徹底輸了。

只是，小恩並沒有回到廉價的小旅社。

尋著再鮮明不過的記憶，她走到鐵塊家門口，敲門，一直敲門。

沒有回應，她便坐著。

破曉前的寒意帶著溼氣，手錶的玻璃表面都結霧了。

什麼也沒做，小恩全身縮在一起抵禦冷的感覺，既專注，卻又什麼也不想。

鐵塊快天亮時才回來。

手裡拿著一個大袋子，裡面滿滿的都是奇異果。

小恩抬起頭，用她也不認識的聲音開口。

「我唸故事給你聽，好嗎？」

19

她常常去找鐵塊。

鐵塊沒有拒絕過她。

因為她很好，她唸故事。

她總是一遍又一遍，不厭其煩讀著鐵塊無法一個人用眼睛去經歷的詭奇世界。

他若聽著聽著又睡著了，她待一下就走。

後來鐵塊若睡了，小恩便索性躺在一旁跟著睡。

他醒來便出門，也不叫她，如果她餓了就吃些鐵塊買回來的水果。

有時她醒了看鐵塊不在，便自己回那租來的小旅社。

有時隨高興多睡了一下。

至於水，鐵塊還真是直接從水龍頭裡喝，小恩很快便學會自己帶飲料。

偶爾，他們會做愛。

鐵塊會給錢。

小恩不覺得拿錢有什麼不好，畢竟這是她的工作。就跟鐵塊殺人一樣。

所以每當鐵塊做完倒頭就睡，小恩也不覺得差勁。

有時小恩離開的時候，便自個兒從磨得發白的皮包裡掏走鈔票。一十六張。

沒一次多拿，鐵塊也沒一次少放。

「你殺人到底可以拿多少錢啊？有十萬塊嗎？」小恩有次實在忍不住。

她很怕鐵塊被坑，拿少了，卻又漫無節制地將冒險殺人的報酬花在自己身上。

真是古怪的矛盾。

「不一定。」鐵塊的回答模稜兩可，態度卻很認真。

「如果是上次那個……在汽車旅館被你從車子裡拔出來，然後一拳打死的那個記者。」小恩乾脆舉例：「殺掉他要花多少錢啊？」

「三十五萬。」鐵塊生硬答道：「……的樣子。」

嘩！

三十五萬，如果是自己的話，大概要賺六、七十次吧。

就算對方是鐵塊，也得……小恩努力地心算……也得二十次至少吧？

不過一條人命的代價，也未免跟想像的上百萬有段……不，是很大一段差距。

「那西門町那一次呢？就是什麼幫的小黑道，你把他脖子打歪那次，多少錢啊？」小恩鍥而不捨。

「二十萬。」

「記者要三十五萬，混幫派的卻只有二十萬！」小恩很吃驚：「怎麼會這樣！給錢的人有沒有良心啊！」

「……」

「不過你應該賺了很多錢吧？都花到哪裡去了呢？」

「……」

「還是都存起來？存起來要買房子嗎？」

「……」

然而鐵塊都沒有回答，因為那天他的說話額度又到底了。

說到殺人。

鐵塊不常殺人。

大部分的日子裡，鐵塊白天都在外面遊蕩，去了哪裡做了什麼小恩也不知道，就算問了鐵塊也不說。大概是比價錢更祕密的事情吧。

要出門殺人的時候鐵塊也不會吭一聲，直到回來時有股味道，煙硝味，小恩才知道鐵塊今天又開工了。

然後隔天小恩就會很興奮地去買四份報紙，將相關新聞剪貼在 Kitty 貓的剪貼簿裡。總有一天，當剪貼簿越來越厚，她一定要請鐵塊在上面簽個名。

而那份奇怪的小說，蟬堡，每次都在鐵塊殺人的當晚，從門縫底下送到。無一例外。

小恩猜想是跟殺人有關係，她後來也不再問。很明顯鐵塊也不清楚。

他沉默寡言到連贅字最多的作家都難以形容。

那裡沒有電視，沒有收音機，沒有音響。

所有的聲音都來自小恩與鐵塊。

但說尷尬也漸漸不會了，他就是那個樣。

小恩覺得鐵塊比她更寂寞。雖然鐵塊的寂寞品種跟她不一樣。

她需要，想要人陪，但鐵塊不必。鐵塊一個人也可以過得很好。

鐵塊的衣服不多，所以兩天就得洗一次，洗完了就直接吊在陽台的繩子上，要穿就從上面直接取走。毫無疑問他不需要衣櫃，於是也沒有衣櫃。

小恩有想過送鐵塊幾件新衣服，或者幫他洗衣，但這種舉動有點超過了上床給錢的關係，她怕被討厭，於是也沒做。

不殺人的時候就沒有新的蟬堡，小恩就隨意挑幾封舊的唸。

每次鐵塊都很滿足。

有了鐵塊每次都會付的一萬六，小恩跟其他人發生關係也少了。

畢竟她需要的是錢，而不是幹。

20

她拿了罐可樂放在櫃台桌上。

「妳最近心情好像不錯。」女工讀生察言觀色。

「嗯，有一點。」小恩點點頭，順手將發票折進了捐助箱。

女工讀生瞇瞇眼：「交了男朋友喔？」

「不是，是……換了新工作，老闆還不錯。」

「什麼樣的工作啊？」女工讀生這才想起，自己一直沒有問過這問題。

這可有點為難小恩。

「算是唸書本上的故事給老闆聽……吧。」小恩很心虛，臉肯定是紅了。

「咦，唸故事給老闆聽？」女工讀生眼睛瞪得很大。

「嗯。」小恩不知所以然答道：「他是個很有錢的……瞎子。」

女工讀生的眼睛瞪得更大了。

「好妙喔。」

「算是個輕鬆的工作啦。」

「那他會要妳唸報紙嗎？」

「……沒有。我也不知道為什麼。」

「喔！我懂了。」女工讀生一臉恍然大悟，自己解答：「要知道新聞的話，打開電視就可以聽到了。」

是嗎？

鐵塊對真實的世界好像沒有一點好奇心。

「大概吧。」小恩點點頭。

「反正有錢人真的好奇怪，太有錢的人更奇怪。」女工讀生笑了出來：「不過要是命令妳一直唸故事給他聽，一定也很累吧。」

小恩笑笑。

半夜無人，兩個女孩又坐在店門口。

女工讀生雙手捧著那本越來越厚的工作備忘錄。

藍色的封皮多了指甲無意的刮痕，沉甸甸的，那是記憶逐漸飽滿的證明。

「可以看嗎？」小恩的眼睛停在那本子上。

「真的想看嗎？」女工讀生有點發窘，卻又迫不及待將本子塞到小恩手裡。

小恩仔細翻著，細細讀著。每次都是這樣。

只是隨意翻翻的話，好像是尊重女工讀生的隱私，卻一點也不好。

現在女工讀生需要的不是保護隱私，而是另一個女孩，鉅細靡遺了解她的愛情。然後分享她的快樂跟……害羞。

長飛丸在她們的腳下躺得四腳朝天，兩個女孩各伸出一隻腳，輕輕柔柔踏著長飛丸毛茸茸的肚子，長飛丸舒服地側臉吐氣。

「你們的對話越來越詳細了耶。」小恩羨慕地說：「無話不談，真好。」

她翻到一頁，兩人竟然在討論美國人是不是真有登陸月球過。

再下一頁，是男工讀生畫的一點都不好笑的四格漫畫。

「謝謝。」

「真的好難得喔。」小恩的視線不斷被字裡行間的小插畫給迷住，說：「我常常在網路上跟陌生人聊天，可是感覺只有越來越寂寞。能夠像你們這樣，用紙筆寫來寫去，就算是我這個一點也沒關係的人看了，也覺得很幸福呢。」

「不過，我有個困擾。」女工讀生苦惱地說：「雖然我們在本子上什麼都可以聊，但是呢，真的碰到了面，他反而都不怎麼說話。」

「喔？」

「我也很奇怪，他不說話，我也跟著不敢說話。」女工讀生懊惱地說：「有幾次我鼓起勇氣想在換班時跟他多聊幾句，他竟然給我裝忙。明明就不急著上架的餅乾，他給我在那邊排來排去。明明就是今天早上才剛到的鮮奶，他在那裡仔細確認它們的保鮮日期，對我跟他說話的反應就只有……嗯、喔、啊、是喔、好、借過一下……真的，他太不愛說話了。」

「相信我，我知道那種感覺。」小恩的眼神異常篤定。

「？」

「我的老闆也不愛說話。」

「可是不一樣啊，我喜歡八筒，妳又不喜歡妳老闆。」

也是。

自己沒有喜歡鐵塊。

因為自己從來也不懂什麼是喜歡。

所有的感覺都是從少女漫畫、言情小說、日劇韓劇偶像劇裡學到的二手貨。

話說回來，那些戲劇裡不是常常有那種……越是喜歡一個人，就越沒有辦法表達出來的男女主角嗎？

不是經常有那種，即使愛你愛得要命、卻仍要故意裝作不在乎的男女主角嗎？

不到最後一集，那些愛情的心意總是無法完整又大方地表達。

「我覺得，肯定他是太緊張了。」

「是嗎？」

「我白天過來買東西的時候，他真的很囉唆，非常非常囉唆，不管是誰他都可以聊上幾句。」小恩小心翼翼地說：「他對妳的反常，反而很特別喔。」

「特別……」

「他一定是太在乎妳了，所以無法像平常一樣好好說話。」

「可我是女生耶，怎麼是我一直找他講話啊？」聽到小恩這麼說，女工讀生的表情顯得有點高興，但眉頭還是彆扭地揪了起來：「哪有人這樣的。」

女工讀生腳下一重，長飛丸赫然翻過來，抖抖身子。

「妳明明就很快樂。」小恩酸酸地說。

「真的嗎？」是個問句，可答案全寫在女工讀生的臉上。

小恩看著睡眼惺忪的長飛丸，牠一抖一抖走到公共電話底下，重新躺下。

剛剛說著說著，她又想起鐵塊了。

吊在繩子上的衣服晾乾了嗎？

不知道他今天殺了人沒有？

如果一個人拿著看不懂的蟬堡發呆……

不，他不會的。

他一定會去街上，隨便拉一個女人，要她讀給他聽。

「我可不允許。」

21

不知道為什麼，小恩用走的來到鐵塊的住處。

足足走了一個多小時。

腳很痠，但這種辛苦正是她要的。

上了樓，小恩看見門把上插著鑰匙，沒有取下。

日光燈從門縫底蔓延透了出來。

還有一股異常濃烈的煙硝味。

「……」

敲敲門，沒有回應。

再敲敲門，還是沒有回應。卻隱隱約約聽到了什麼。

小恩深呼吸，將把手轉開，將門緩緩往後推。

鐵塊果然在家。

他上半身赤裸坐著，拿著一把鉗子，反手往右肩胛骨裡側彎挖著。

地上都是半乾的血跡。

小恩有點害怕，卻不由自主將門關上，走向前。

鐵塊受傷了，還是可怕的槍傷。

子彈沒入了背肌、肩胛骨的深處，非常難處理的角度——至少鐵塊一個人用鉗子搆不著，還弄得滿身大汗。他雖然異常鎮定，臉色卻有些蒼白。

瞧那傷口不知被鉗子胡亂翻攪了多久，血肉當然只有變得更模糊。

小恩沒有嚷嚷著叫鐵塊去看醫生，只是跪了下來，自然而然接過了鉗子。

鐵塊沒有抗拒，只是將背更曲了下去。

「會有點痛喔。」

「……」

小恩瞇著眼，將鉗子伸進傷口裡。

沒有想像中簡單。

小恩費很大力氣才將鉗子往旁邊撐開些許，慢慢將鎖在肌肉裡的子彈夾出。

黑濁色的血一下子就從傷口裡汩汩而出。沒有經驗，當然搞得亂七八糟。

「怎麼辦？」小恩傻眼。

「壓一下。」鐵塊滿臉都是汗水，閉上眼睛。

不知道過了多久，小恩壓在鐵塊背上的毛巾全染紅了。

換了姿勢，鐵塊趴在躺椅上。

他從頭到尾都沒吭一聲，只是專注地呼吸，用受傷的經驗確認子彈有沒有傷到肺部跟主要血管。他很痛，卻沒有用真正的平靜去對抗灼熱的痛苦。

而是回想今天晚上失敗的刺殺。

一股興奮過度的憤怒引領著腎上腺素，慢慢往背部聚集。

幾分鐘後，血竟然止住了。

「好厲害。」小恩嘖嘖稱奇。

不過鐵塊什麼話也沒說，兩個人陷入奇妙的沉默。

許久，小恩確認傷口真的不再大量流血，才慢慢將毛巾拿開。

「要我幫什麼忙就說啦，不然我也不知道要做什麼。」她靠近，研究著傷口。

「……」鐵塊太久沒說話，聲音很沙啞：「幫我買一些食物，跟鹽巴。」

於是小恩立刻下樓，用散步的速度走到附近的便利商店。

她買了兩個便當、幾個熱包子、一包精鹽，還有一大罐家庭號礦泉水。她覺得受了傷，還是不要亂喝自來水好。喔，還有小護士的急救護理包。

然後再用散步的速度慢慢走回去。

說也奇怪，若是一般人看到這種情況，一定會驚慌失措或什麼的吧。

但小恩一點也不。

在她的世界裡，鐵塊是個打不死的人。

那些曾在鐵塊身上留下的、千奇百怪的疤痕就是最好的證明。

剛剛挖出來的那顆鬼金屬，幾天後也不過留下一個圓點大小的痕跡吧？

可以參與鐵塊受傷，又幫得上忙，讓她有一點點高興。

回去後，當然還是趴著的鐵塊要小恩將一些精鹽倒入礦泉水，讓他就這麼喝。

小恩知道，這是為了補充失去的鹽分。

然後鐵塊先將肉包子給吃完，再用非常緩慢的速度吃著便當。

這中間，小恩用碘酒簡單清洗了傷口，怕撕裂傷口，所有動作只能用模稜兩可來形容。最後還貼上一大塊紗布……雖然撕下來會痛到發瘋，但現階段還是以保護傷口為主吧。

便當還剩下三分之二。

再過兩個小時，天就會亮了。

鐵塊顯得有些困倦，那股煙硝味不知何時也淡薄了。

「要不要我唸蟬堡給你聽。」小恩左顧右盼，卻沒有看到新的牛皮紙袋。

「沒有蟬堡。」

鐵塊搖搖頭，卻沒有一絲失望：「暫時還沒有。」

「對方沒死嗎？」小恩有點驚訝。

鐵塊點點頭。

目標身邊的人多，那一拳太倉促，沒有擊中對方的要害。

只一瞬間，對方人馬一下子全上了，萬花筒似的。

現在，目標應該躺在醫院急診室。

鐵塊知道，現在對方的守衛一定最多，戒心卻最薄弱。

如果現在不幹，以後要完成任務的話就太棘手了。

小恩不知道要做什麼。

雖然兩人的關係只是上床，而且還是收錢就能上床的那種上床，但現在就這麼離開，心裡好像也怪怪的。

「那，要我唸之前的蟬堡給你聽嗎？」她有點侷促。

「……」鐵塊搖頭。

「還是……你想現在就去把目標殺掉？」小恩脫口而出。

「！」鐵塊有些驚訝。

這是小恩第一次看到他這種表情。她當然是有一點高興。

「對方是誰啊?能夠開槍打你，來頭一定很大。」小恩自顧自說。

「……」

「你打傷他了嗎？」

「是。」鐵塊皺眉。

「如果他的來頭真的很大，現在看電視，一定知道他在哪間醫院。」

鐵塊若有所思，慢慢起身。

「搭計程車去比較好吧，不然傷口裂開，你很容易就被發現喔。」小恩提醒。

鐵塊有些猶豫，放慢動作穿上黑色外套。

突然有點明白是怎麼回事了，小恩拎起急救箱，打開門。

「我們先去有電視的宵夜攤待一下，然後我叫計程車。」

小恩不等鐵塊回應，便走下樓。

22

計程車直接停在SNG車旁。

醫院門口擠滿了少一事不如多一事的媒體，SNG車比警車還多。

「請問銀鷹幫的幫主遇襲，是跟鬼道盟的勢力擴張有關嗎？」

「能否說明一下，警方目前有沒有鎖定可疑的嫌犯？」

「請所長回答，警方是不是正派人保護幫派份子就醫？」

「有民眾聽到好幾聲槍響，雙方到底一共開了幾槍？」

位不高權不重的派出所所長，被迫站在記者面前接受詢問，陳述著他一點也不清楚的案情，表情越來越難看。

一張漠然的臉孔從記者此起彼落的鎂光燈後穿過，穩定地走向電梯。

加護病房外站了兩排剃了平頭的黑衣人，個個面色凝重，袖口別了銀鷹圖針。

沒有一個醫生護士敢對他們的大陣仗有什麼意見。甚至不敢多看一眼。

連警察都懶得上來管一管這種狀況，光是應付媒體就忙翻了天。

加護病房裡依舊忙著輸血，一袋接著一袋從血庫緊急調動。

如果那些捐血人知道，幾天前他們挽起袖子捐助的血液將用來延續一位黑道頭目的生命，不知會作何感想。

「登。」

電梯門打開。

加護病房外走廊盡頭，一塊生冷的鐵鏗鏘走了過來。

沒有鬼鬼祟祟的偽裝，沒有驚險的攀牆走壁，甚至沒有節省時間的快跑。

因為在這醫院，來者有絕佳的戰鬥優勢。

他根本不需要多餘的動作，就來到兩排黑衣人之間。

「你誰啊？」一個平頭黑衣人伸手按住他的肩膀。

「……」鐵塊。

另一個黑衣人頗不耐煩：「留下名字就好，大哥現在還沒醒。」

「……」鐵塊。

此時，一個站在後面的黑衣人瞧見了鐵塊黑色外套上，那燒灼開的破洞。

這，好像有點不對勁啊？

就在開口警戒的那一瞬間，鐵塊已經舉起拳頭。

「！」

幾乎不可能發生在此時此地的——猛襲！！

所有黑衣人只能在凍結的時間裡看著這一拳發生，然後以天花板的巨大撞擊聲結束。

按住鐵塊肩膀的那人高高摔下，這輩子脖子再也別想回復正常的角度。

同一時間，至少有七、八人的手同時往外衣深處急掏。

沒槍！

所有人表情凍結的瞬間，一個最壯碩的黑衣人從鐵塊後方猛力揮拳。

鐵塊沒花時間躲開，只是用更快的速度、更長的拳擊回應。

那種聲音，絕對不正常。

低沉，鬱悶，直達腦髓深處的共鳴。

運氣極差的壯漢上身往後傾斜，以奇怪的姿勢倒摔在地。

不再立體的臉孔上，汩汩冒出鮮豔的血泡。

「站好。」

鐵塊只說了這兩個字，卻沒再動手。

剛剛那兩拳，已經說得很明白。

所有黑衣人全都停止呼吸，不由自主往後退退退，直到背脊碰上冰冷的牆。

一個剛剛擺好揮拳姿勢的黑衣人僵在鐵塊面前，一動也不敢動。

鐵塊看都不看他一眼，直接按下加護病房旁的開門紅鈕。

走了進去，完成他今天做到一半的事。

當鐵塊走出來的時候，那兩排黑衣人還是維持剛剛的姿勢。

沒有人叫，沒有人逃跑。

直到他們眼睜睜看著鐵塊的身影消失在走廊轉角時，全都軟倒在地上。

一股濃郁的煙硝味久久不散。

23

傷口還是裂開來了，流了很多血。

小恩用任何人都能做到的程度，拙劣地幫鐵塊處理好傷口。

然而鐵塊還是發了高燒。

浴巾早就沾滿了血，這單調過頭的房間又什麼都缺。

小恩將乾淨的衣服泡熱水，擰乾，反覆幫鐵塊擦拭發燙的身體。

一到中午，小恩便出門買吃的、消炎藥，還提了個熱水壺回來。

鐵塊足足發燒了兩天，意識不清地昏睡。

唯一醒轉的少數時間，都把握在吃東西、喝鹽水上。

到了第三天，鐵塊可以自己坐起來的時候，才發現這房間多了很多東西。

幾件在連鎖成衣店買的寬大新T恤，折好的幾條新毛巾、熱水瓶、吹風機、粉紅色的抱枕、橘色塑膠水桶……一份沒有拆過的牛皮紙袋。

還有還有，一個縮睡在地上的女孩。

鐵塊感受著背上的傷口，稍微用指腹碰了碰，竟比預期要快上三倍的速度結痂。

以前受到這種程度的傷，不昏個十天是絕對醒不了的。

一切都是躺在地上的女孩。

比起殺人不眨眼、又無話可說的自己，這女孩恐怕才是稀奇的存在吧。

「……」

鐵塊拎起半桶鹽水，走到陽台，在自然的熱風下認真呼吸。

渴了，就喝。

飽了，便停。

他沒有太多過去可以回憶，無法刻意地思索什麼。

只是想起了一首歌。

等到半桶鹽水都空了，鐵塊轉身進屋，抱起剛睡醒的小恩。

十分鐘後，好不容易結痂的傷口又裂了條縫。

那晚，鐵塊沒有留下小恩。

小恩也沒有說什麼。

唸完了新故事，拿了十六張鈔票，便穿起鞋子。

「房間這些東西……」鐵塊猶疑了一下，乾脆將皮包整個遞了過去。

「不用了，我送你。」小恩微笑，打開門就走。

她走了。

他看著她走。

門關上，然後是小心翼翼踩著鏽蝕鐵梯的輕響。

鐵塊側著身躺下。

或許是因為這幾天都在昏昏睡睡，鐵塊翻來覆去，就是無法真正入眠。

一睜眼，滿屋子的東西讓他有點不習慣。

卻也無法討厭。

一闔眼，就想坐起來。

從來他就不感寂寞。

只是現在，鐵塊的背又開始痛了。

24

這幾天除了待在鐵塊家，小恩什麼也沒做。

看著昏睡的鐵塊，雖然不理他，他也一定會慢慢好起來。

但如果她走了，他的復元肯定會拖上好幾天吧。

「鐵塊需要我。」

每當小恩這麼想，她就忍不住到浴室換條熱毛巾。

不知道是看了哪部小說還是漫畫，曾提到這種安於照顧病人的心態也是一種心理疾病。有點像是扮家家酒上了癮，或者該說是母愛過盛。

以前讀的時候，小恩只覺得那種描述是作家為了情節需要所偽造的角色情緒。

她現在倒是有一點懂了。

只是鐵塊一點也沒有收留她的意思，讓她有點失落。

但也不是不能接受。至少鐵塊也沒有露出厭煩的表情。

他自始至終都給了錢，這樣也很好。她再不能接受男人無條件進入她的身體。

捫心自問，要說對鐵塊沒有特殊的感情，是騙人的。

跟一個揮拳如槍的殺手奇異地相遇……不，應該說是被他撿回家，然後在極度尷尬的情況下唸了沒頭沒尾的、疑似專屬殺手的故事給他聽，然後然後又做了愛。接下來的情節也很不普通，目睹他殺了人，再演變成自己也參與其中。

超現實。

卻又比以往自己的人生中任何一個殘酷的片段都更貼近真實。

尤其離開了那單調的房間後，那種感覺尤其強烈。

回想在電視裡發生的所有愛情故事，都夠虛偽的了。

編劇竭力保持女主角身體上的清白無垢，談的都是若有似無的曖昧情愫。

當然每個通則都可以找到蚊子大小的例外。日劇《神啊！請多給我一點時間》裡的深田恭子，就是個援交妹沒錯——但也不過是個只賣一次就中鏢的援交妹。

而不是一直賣一直賣一直賣。

在這種標準下，小恩絕對是恐怖報應劇裡的角色，背景是盛竹如故弄玄虛的口白。無法期待有什麼好的結局。像她這樣的人最適合相信還有來世。

在抵達來世之前，要做些什麼打發時間好呢？

小恩喃喃自語：「什麼都好，至少不想再被欺負了。」

便利商店門口，咬著過期熱狗的長飛丸撲了過來。

25

一批鮮奶剛到，小恩幫忙上架下架。

「這幾天都沒看到妳。」

「嗯，熬夜加班的關係。」

「熬夜唸故事？」

「也不是……啦。」

女工讀生察覺到小恩疲憊臉色背後，有一點「想要被多問一些些」的顏色。

那顏色，似曾相識。

「喂，妳跟老闆談戀愛了喔？」女工讀生輕輕推了她一下。

「沒。」她很快就否認。

「騙人！」

「真的沒有啦。」

小恩有點小高興，但臉一定是紅了：「只不過他受傷了，又沒什麼朋友幫他忙，所以我就負責照顧他。」

「真的只是那樣嗎？妳的表情好像不只是這樣而已喔。」女工讀生逗弄她：「你們發展到什麼程度啦？做了嗎做了嗎？」

小恩的臉紅到不行。

好怪。

這件事她幾乎可以跟任何一個付得起錢的人做，卻唯獨不知道怎麼跟這個連名字也沒問過的女工讀生啟齒。

「什麼也沒做。」小恩生硬地說，卻點點頭。

這一遲疑，只見女工讀生用力瞪大眼睛。

「真的做了喔！」女工讀生詫異。

「沒做啦！」小恩氣呼呼道。

鮮奶早就排好了，剛剛過期的飯糰跟便當也給下了架。

依照規定這些食物都得銷毀，但店長可沒在理會，工讀生想吃多少儘管拿。

店門口，兩人喝著過期兩小時的巧克力牛奶，啃著過期四十分鐘的鮪魚壽司。

小恩慢吞吞地看著藍色的工作備忘錄，將這幾天錯過的進度趕上。

女工讀生看著小恩的側臉，淡淡的粉裝透著一股彷彿剛洗過澡的香氣。

就連同樣是女孩的自己，也好想親一口。

「好可惜喔。」女工讀生杵著小臉。

「什麼好可惜?」小恩別回頭。

「好可惜妳的老闆是個瞎子，不然他看妳這麼年輕漂亮，一定會追妳的。」

「妳真的很好笑耶。」小恩笑了出來。

「真的啊，如果我像妳一樣漂亮就好了，就不必跟八筒在那邊寫來寫去，他一定一下子就主動追我了。」

「我卻很羨慕你們可以這樣用筆說話啊，至少你們還有一個方式可以無話不聊。而且妳不是不漂亮，只是我花比較多的時間打扮啦。」

此時，一輛警車緩緩停在便利商店門口。

兩個深夜巡邏的警察下車，厚重的車門帶上的聲音既沉悶又懶憊。

警察走向門口的簽到簿，一胖一瘦。

小恩的視線正好穿過女工讀生的髮際，與其中一名較瘦的警察四目相接。

那一瞬間，小恩的臉彷彿被重重摔了一巴掌。

「……」警察面無表情，連眉毛也沒動一下。

兩個警察簽好了巡邏簽到本，伸著懶腰走進便利商店的飲料櫃報到。

女工讀生見狀，吐吐舌頭：「我忙一下。」趕快進店。

小恩沒有一絲猶豫，站起來就走。

腦中一片空白這六個字是最偷懶的修辭，卻最適合小恩此刻的狀態。

完全是本能，就像蟑螂看到藍白拖會反射性逃走，她越走越喘，越走越快。

錯就錯在，她的本能夠敏銳了，卻還不夠聰明。

兩分鐘後，警車在十字路口攔住了只是直直向前走的小恩。

坐在副座的胖警察打開門，下車，冷冷瞥了小恩一眼，就逕自走到路邊抽菸。

車門卻沒關上。

駕駛座旁的車窗降下。

瘦警察沒開口，眼神卻說話了。

小恩像是給套中圈索的綿羊，呆呆坐進車，呆呆看著瘦警察將皮帶解開。

拉鍊拉下，將褲子褪至膝蓋。

瘦警察輕輕拍小恩的頭，慢慢將她的頭壓下。

小恩開始做她最熟悉也最討厭的事。

車子裡沒有音樂，沒有廣播，只有偶爾來自勤務中心的無線電廣播。

沉默的汽車空調裡瀰漫著中年大叔獨有的尿臊味，與和著口水的吱吱砸砸聲。

瘦警察壓著她的頭，有時放鬆，有時用力到她快要窒息，發出哀求似的鼻音。

「那店員是妳朋友？」

小恩猶豫了一下，不知道該搖頭還是點頭。

「長得還可以，也有在賣吧？」瘦警察抓著她的頭髮，不讓上來。

小恩只能拼命搖頭。

「少來了，像妳這種爛貨有什麼正經朋友？」他的手更用力了。

小恩只覺得那東西頂到喉嚨深處，嗆得快吐了。

掙扎的眼淚從眼角擴散。

「不管她有沒有在賣，也不管妳用什麼方法……弄一包K粉給她還是什麼的都好，我給妳三天時間。」瘦警察的手使勁地壓、壓、壓，聲音裡沒有一點溫度：「三天後，我會接到一通檢舉電話，是妳打給我的，要檢舉什麼，妳應該比我清楚吧？」

小恩簡直不敢相信自己聽到的。

那東西都快頂到食道了，淚腺被刺激得又酸又麻，小恩卻一點感覺也沒有。

「如果妳沒有照辦，別以為我會把妳送去保護管束那什麼爛地方……妳這種爛貨根本也不在乎，是不是？」一想到自己因收賄遭降職處分，調到這區幹這種深夜巡邏的爛缺，瘦警察忍不住將小恩的頭當皮球拍。

越拍越大力，越拍也越硬。

最後射出來的時候，他跟以前一樣默不作聲，捏捏她漲紅的臉。

要強忍著咳嗽衝動的她全部都吃下去。

「三天，我沒接到妳的檢舉電話，我就把妳是個什麼樣的爛貨告訴妳的新朋友，讓妳比吐出來的東西還要爛。」瘦警察慢條斯理拉上褲子，看都不看她一眼。

小恩呆呆地看著自己發燙的手。

這輩子，從來沒有這麼難受過。

「放心，等我把妳的朋友搞得跟妳一樣爛，以後妳們就可以真正交心，就永遠分不開了。」

瘦警察摸摸她的臉，拍拍。

車門打開，不過不是小恩下車。

而是瘦警察從口袋裡摸出根菸，走到路燈下等待。

這次胖警察塞了進來，褲檔下早就高高隆起了。

「下去啊。」

他皺眉，看著眼神茫然的小恩。

等到她再度回過神，臉上都是鹹腥的泡沫，一個人蹲在路邊。
警車愉快離去，車尾燈嘻皮笑臉刺著她的眼。

地上留下一小包白色粉末。

擦乾臉。

她想哭。
卻沒有辦法流出眼淚。
她用手指挖起自己的眼睛，沒有辦法。
將整張臉埋進膝蓋裡，還是沒有辦法。

就是哭不出來。

不知道過了多久，夜的顏色蕭然褪換。
當她撿起地上的白色粉末那一剎那，她有種自己活該被作踐的感覺。

26

她回到小旅社，整整洗了兩個小時的澡。

不是為了清洗身上那股不道德的髒，只是想讓熱水從頭到腳沖著，不要停下來。沖到手指都發皺了，腳趾紅得發腫了，她還是停不下來。

連最簡單的願望都無法達成。

這個世界上沒有神，至少沒有好的神。她早就一清二楚。

但連自己都這麼看不起自己，她在接受時，還缺乏最基本的痛苦。

——這就有點過分了吧。

她凝視鏡子裡充滿霧氣的自己時，覺得不意外的陌生。

既然如此……

熱水貼著頭髮而下，她打開透明的夾鍊袋，往下倒出白色粉末。

「我才不要自殺，也不會拖妳下水。」

小恩看著白色的粉末在排水口塞成了糊狀。

幾分鐘前，她還想一口氣吞掉這堆不明的白色粉末結束生命，卻說不出理由。

爛貨本來就該用爛貨的方式活著，不需要用好女孩的標準提早走一步。

只是那間便利商店，再也無法過去了吧。

想到這裡忍不住有點沮喪。

刻意不擦乾身體，從浴室出來後就這麼摔在床上睡覺。

醒來時，她的呼吸乾枯灼熱，好像有塊沙漠躺在她的肺裡。

渾身發抖下了床，一邊哆嗦，一邊穿上衣櫃裡最薄的衣服，走下樓。

「妳的臉色看起來不大好。」櫃台後的老闆正在打盹，瞄了她一眼。

她什麼也沒回。

開始走，走走走，往這個城市的另一頭走去。

這個城市幾乎比白天還亮。

無以數計的霓虹燈，刺眼的，一次次鞭笞著這城市。

經歷了一百六十七個噴嚏，她終於跋涉到上帝遺忘在這城市的另一道裂縫。

黑巷，暗梯。

四樓。

還沒敲門，門就以極快的速度打開。

鐵塊穿著她送的素色黑T恤，赤著腳。

「你正要出門……殺人嗎？」小恩的聲音，輕到快飄了起來。

鐵塊搖搖頭：「我聽到樓梯聲。」

小恩點點頭，唇齒蒼白。

「我發燒了。」

鐵塊伸手，但還沒摸到小恩的額頭就不自然停住了。

「可以在你這裡待一下下嗎？」她看著他的腳：「就一下下。」

搖搖晃晃的，彷彿隨時都會摔倒。

「沒關係。」

鐵塊側過身，讓小恩自己走進屋子。

小恩縮在角落，瑟縮抱著一條大毛巾。

「對不起，才一天就回來了。」

「沒關係。」

「我可以喝水嗎？」

鐵塊從熱水瓶裡倒了一杯給她。

「你有好一點嗎？」她捧著熱水，小心翼翼沾了一小口。

「有。」

「還會痛嗎？」

「偶爾。」

「要我唸故事給你聽嗎？」

鐵塊搖搖頭。

「要做嗎？」

鐵塊搖搖頭。

「要的話，我可以做喔。」

鐵塊搖搖頭，但是從皮包裡拿出十六張鈔票拿給小恩。

小恩將鈔票推了回去。

「在我之前，都是誰唸故事給你聽的？」

她想問，很久了。

鐵塊沒有回答，也沒有迴避她泛紅的眼睛。

「是個女人嗎？」

鐵塊點點頭。理所當然是吧。

「那……那個女人呢？」儘管昏昏沉沉的，小恩還是很想知道。

「喝水，休息。」鐵塊不想回答。或許也是不知道該怎麼回答。

「你想殺人的時候，我也沒叫你先休息啊。」小恩打了個失控的噴嚏，紅著鼻子說：「我現在想問問題，換你配合我了。」

「……喝水，休息。」

「她是什麼樣的女人啊？」

「……很安靜。」

很安靜？小恩有點不安。

那不就是跟自己不一樣類型的女人嗎？

「為什麼後來找我，不找她了？」她小心翼翼地問，眼睛不敢直視他。

「她不見了。」鐵塊的聲音稍微輕了點。

不見了？

真是相當鐵塊式的回答。

「她是你的女朋友嗎？」

「不是。」

「你們也做了很多次吧。」

「嗯。」

「她陪你很久嗎？幾年？幾個月？」

鐵塊像是愣了一下，然後陷入長達一分鐘的沉默思索。

「忘了。」

最後，他只能這麼說。

但這個答案的背後意義，多半是段相當相當久的時間。

久到讓人不覺得有仔細計算的必要。

「你喜歡她嗎？」

「也許。」

「那，你以後還會繼續找我唸故事嗎？」

「會。」

鐵塊沒有猶豫，讓她有一點高興。

她可以說對他一無所知，卻對他所說的一切感到莫名的信任。

如果他還願意找她唸故事，那麼，自己或許還有一點點用吧。

——即使這樣的工作誰都可以勝任。

「那，你喜歡殺人嗎？」

「這是我的工作。」

「你不會害怕嗎？不，你害怕過嗎？」

「這是我的工作。」

「你都怎麼接工作的？」

「我租了個信箱，裡面會有名字、地點，跟錢。」

「誰放了錢進去？」

「那是別人的工作。」

「你認識殺手月嗎？」

「知道，不認識。」

大概是看在小恩發燒的份上，鐵塊罕見地回答了好幾個句子。

有的句子裡頭甚至還有逗號，大概是連明天跟後天的額度也提前預支出來了。

小恩有點感動。也有點暈。

鐵塊將她抱到舒服的躺椅上，走到浴室裡，擰了一條熱毛巾。

模仿著前幾天小恩反覆對他做的那些，鐵塊慢慢擦拭著她的身體。

她幾乎要哭了。

「對不起，我可能要睡一下了。」小恩閉上眼睛，不敢讓眼淚掉下來。

男人都只喜歡聽她叫，沒一個喜歡她流淚。

只要她一哭，就是她該滾的時候了。

「妳睡，我下去買藥。」鐵塊想起兩條街外，有一間連鎖藥局。

「不要。」小恩有點吃驚自己的舉動，小指軟弱無力勾著鐵塊的手。

「……」

「等我睡著以後，再過一下下再走好不好?」小恩不敢睜開眼睛，努力地說：「我很怕我死掉的時候，旁邊沒有人。」

「好。」鐵塊沒有猶豫，坐下來。

像一塊安靜的鐵。

27

半夜裡，小恩吃了藥，情況稍微控制住。

到了第二天，小恩卻燒得更厲害了。

無計可施的鐵塊，雖然看起來沒有特別的情緒波動，背上卻猛烈地痛了起來。

那個該死的彈孔明明就結痂，還出了層薄薄的軟膜，怎會突然發痛起來？

他看著一直昏睡的小恩，不曉得她會不會就這樣睡著睡著，就醒不過來了。

小恩勉強醒轉的時候，鐵塊就扶起她喝溫水，餵她吃感冒藥。

醒不過來的時候，鐵塊一直用熱毛巾擦拭著她全身。

照顧一個發燒的女孩，竟然比殺十個黑道頭目還要棘手。

到了晚上，鐵塊注意到小恩的呼吸間隔比一個小時前拉長了一倍。

這樣不對。

一定不對。

「起來，我帶妳去看醫生。」鐵塊搖著小恩。

小恩昏昏沉沉睜開了眼，感覺好像有一鍋煮壞的熱湯在腦子裡打翻了。

「老鼠在抽屜裡。」小恩莫名其妙地說。

聽到這句沒頭沒尾的話，鐵塊更無猶豫，抱起小恩就走。

不管哪一家醫院都好，絕不能繼續由自己照顧。

鐵塊越走越快。

迎著有點涼的夜風，小恩在鐵塊的懷抱裡有點舒服，幽幽睜開眼。

鐵塊看著她，不等拙劣的他開口，小恩便輕聲說：「我有好一點了。」

「妳有特別想去的醫院嗎？」鐵塊看著遠方的計程車。

「沒。不必，真的。」小恩的聲音就像落在池面的葉子，虛弱又勉強存在：「我肚子好餓，餓到快沒力氣睡覺了……」

鐵塊點點頭，感覺到小恩想站著，便將她放下。

小恩平順了一下呼吸，便讓鐵塊牽著去附近擺在騎樓的一家小吃麵攤。

除了兩大碗餛飩麵，鐵塊還點了很多小菜。

小恩先是慢慢喝著湯，再悄悄吃了大半碗麵。

鐵塊將自己那碗麵的熱湯倒進小恩碗中，讓她慢慢又喝掉，出了一身大汗。

小恩像是鬆了口氣，抹去臉上的汗。

「我好多了。」

「坐一下，不急，等一下繼續吃。」

「哪有人這樣一直吃的，我已經飽了，感覺也好多了。」

「沒關係，我再叫湯。」

小恩不敢說不好，便看著鐵塊再叫來一大碗竹筍湯，跟新的一碟小菜。

當老闆端來熱湯時，一輛警車正好停在對面的便利商店門口。

小恩下意識地將視線飄了過去。

兩個警察下車，一胖一瘦。

胖的拿起門口的巡邏簽到簿簽名，瘦子走進便利商店買飲料。

她開始發抖。

無法遏止的恐懼令她幾乎拿不住白色的塑膠湯匙。

嘴裡的熱湯好像變得很腥，卻又不敢吐出來。

胖警察簽完名，開始講起手機。瘦警察走出便利商店後，則點了根菸。

小恩的頭垂得很低很低，低到鼻子都快碰到了湯。

她自己沒有注意到的是，她的肩膀往裡縮，縮到整個身體都快陷下去了。
發抖。

還是在發抖著。

鐵塊沒有說話。

只是站了起來，走到了對街。
小恩並不知覺這一切，只是忙著發抖，有種快失禁的崩潰。

是一聲不正常的巨響。
讓她不由自主，像給輕輕托住下巴那般，慢慢抬起頭來。

胖警察捧跪在地上，一臉看見地獄的驚嚇。
瘦警察呆呆看著鐵塊，呆呆看著……雙手緊抱右腳卻無法叫出聲來的胖警察。
完全看不出來剛剛那聲巨響，究竟發生了什麼事？

但很快，鐵塊就用一樣的語言，讓小恩看了個清楚。

「你幹嘛！」瘦警察慌亂地想抄起腰際的佩槍，卻怎麼也撈不起來。

只見鐵塊低著身，左一踏步，右拳毫無掩飾，高高舉起。

劈柴似直直落下。

！

又是一聲怪異至極的巨響。

瘦警察眼睜睜看著自己的膝蓋完全粉碎，身體斜斜歪倒。

連痛都來不及從神經傳遞到中樞大腦，瘦警察就明確知道，從這一秒開始，自己這一輩子是沒有指望再用雙腿同時站起來了。

而對街的小恩，則是完全呆掉。

「這是……」麵攤老闆也傻眼了。

「靠……」幾個正在吃宵夜的客人也無法置信他們所看到的畫面。

鐵塊站在兩個倒地不起的警察中間，漠然看著小恩，像是想確認什麼。

但小恩完全說不出話來，只覺一股刺鼻的煙硝味猛烈灌進鼻腔。

心跳得好快好快。

於是鐵塊蹲下，高高舉起左拳。

落下時，鐵塊的表情跟他正在做的事好像完全不相干。

倒是胖警察的尖叫聲劃破了僵硬的空間，將億萬痛苦帶回現實。

他幾乎吐出了自己的內臟。

「你到底……到底是怎麼回事……我……殺警察可是……可……別殺我！別殺我！」

瘦警察狂唉狂叫，卻沒有一點逃的可能。

鐵塊輕輕轉向他，高高舉起右拳。

「喂……喂！」

！

冒著煙硝的拳落下時，這警察倒是百分之百吐出了自己的內臟。

瘦有瘦的好處。

這個世界上沒有任何一間急診室，有能力為他們延續一個小時以上的性命。

在那之前，他們還有大約八到十分鐘的時間可以好好感受——痛。

鐵塊將拳頭往他們的身上抹了抹，既不慢，也不快地站了起來，走回麵攤。

奇異的舉止招致奇異的反應。

沒有人打手機報警。

沒有人露出驚慌失措的表情。

他們只是看著鐵塊將三疊小菜吃完，就連老闆在找錢時也分毫不差。

不知道是真的很冷靜還是都市人過度的冷漠。一切都保持原先的運作。

鐵塊牽著小恩，慢慢地走在街上。

小恩不再發抖，感冒高燒的不適也在剛剛激烈的心跳中消失無蹤。

夜風變得很暖。

不知不覺，從鐵塊牽著小恩變成了小恩牽著鐵塊，而他們並沒有往特定的方向前進，只是胡亂遊蕩。小恩的臉早已爬滿淚水。

行經第十六個十字路口時，她終於大哭了起來。

鐵塊很沉默，就這樣站著看她哭，哭了整整一個小時。

「可不可以……不要再給我錢了……」

小恩哭得，每一個字都充滿了力量。

她的手，握得鐵塊好痛。

「好。」

28

死了兩個警察。

卻沒有想像中喧囂了十幾條街的警笛聲，這城市遲鈍得可怕。

或者，冷酷到變成一種持續性的異常。

兩人慢慢回到租屋。一進門，立刻像動物一樣交配。

結束後，兩人像用看電視一樣的神態看著門板，等待蟬堡從縫底出現。

半個小時後，一個小時後，一個半小時後，兩人的眼皮越來越重。

但除了隔壁住戶分分秒秒傳來的〈藍雨〉歌聲，什麼也沒滲透進這房。

看樣子，臨時起意的殺人行為並無法召喚蟬堡的出現。

鐵塊竟等到睡著。

小恩靜靜看了他好一會。

這個男人，用一種令她摸不著頭緒的方式表達了他的體貼。

即使無法確實理解這男人的舉動，但她想像不出，如果那種極端的殘暴不能稱為浪漫……

那，什麼是呢？

若這是小恩的一廂情願，那麼，這篤定是她最滿足的一廂情願了。
為此，小恩小心翼翼將四肢脫離他的身體，穿好衣服離去。
她可以是這男人洩慾的充氣娃娃，也可以是呆板的讀書機器。
但絕對不能讓這男人厭膩她。
就算是短暫而不明的依存關係，能盡量拉長保存期限就盡量吧。
只是第二天還不到晚上，小恩拎著兩個便當，再度出現在門口。
門是開的，因為鐵塊聽見了樓梯的震動聲。
第三天中午，小恩拎著一大袋零食，迫不及待出現在門口。
門還是開的。殺手的耳朵可靈得很。
第四天晚上做完愛後，鐵塊一言不發出門，留下小恩一個人呆坐在房裡。
就在小恩考慮是否應該離開時，鐵塊回來了。
手裡，拿著一支未拆封的新牙刷。

「留下來。」鐵塊將牙刷放在小恩的掌心。

不是個問句。

這輩子，小恩第一次因為太幸福流出了眼淚。

29

小恩從此住在鐵塊那裡。

第一個改變，就是房間多了很多件很多件衣服。

「對不起，我把衣服通通折在地上就好了。」她吐舌。

「沒關係。」鐵塊眉頭輕皺。

一個小時後，鐵塊在陽台綁上五條繩子，讓小恩啼笑皆非地掛滿衣服裙子。

鐵塊白天出去晃蕩，小恩有時跟，有時努力克制自己別跟，免得被討厭。

她發現鐵塊很喜歡看海，可以一個人靜靜坐在堤防上注視大海三個小時。

她不曉得大海有什麼好看，但她很樂意縮在海風的斜紋裡，陪著鐵塊發呆。

起初很無聊，小恩經常看到打瞌睡。

久了，皮膚黏了，鼻腔鹹了，頭髮潤了，心也平靜了。

但還是常常睡著。

鐵塊殺人的時候，她也跟了幾次。

遠遠的，看著鐵塊在停車場將一個上了年紀的管理員一拳打斷脖子。

隔了半條街，看著鐵塊將一個正在吃便當的計程車司機拖出來，砸破太陽穴。

比起小恩所知道鐵塊以前殺掉的人，這兩個看似無害的目標顯得太過普通。

——普通得未免也太無辜。

小恩沒說什麼，也不覺得有什麼不妥，這畢竟是她男人的工作。

就像她有時遇到了奧客，還是得硬著頭皮、藉著麻痹把兩腿張開。

鐵塊也殺了幾個狠角色。

但他們再狠，也從來不是赤手空拳就能爆裂一切的鐵塊的對手。

坐在麥當勞裡，落地大玻璃，正對著「案發現場」的位置。

三個拿著開山刀逛大街的飆車族，在十字路口被鐵塊硬生生揍下摩托車，一刀都來不及砍，就被揍得比出連環車禍還恐怖。

「不戴安全帽，下場真的好恐怖。」小恩拿著快融化的甜筒，呆呆看著一切。

一個來台灣進行表演賽的西洋摔角選手，在大飯店電梯裡與鐵塊近身扭打。他想對鐵塊施展致命的頸鎖時，卻被鐵塊以極不自然的姿勢揍斷了腰骨。等到電梯來到第十五層樓「登」一聲打開時，摔角選手的臉整個血淋淋黏在牆上。

鐵塊一邊擦去鼻血，一邊走出電梯。

等到電梯降回大廳，引起一陣驚聲尖叫時，一個女孩走到空無一人的櫃台。

「對不起囉。」小恩一下子抽走電梯裡的監視錄影帶。

這是她從電影裡學到的，也是她唯一可以幫得上忙的。縱使鐵塊不以為意。

有時候鐵塊不讓小恩跟，小恩就乖乖待在家裡等。

如果鐵塊讓小恩遠遠看著拳起拳落，她會開心上一整個禮拜。

鐵塊通常不會受傷，因為別人很難提防一個沒有掏槍動作的人。

但若鐵塊受傷了，小恩也會有一點點高興，因為她很滿足於拿著棉花棒沾著碘酒幫鐵塊處理傷口的感覺。只要她有用，她就更加安心。

為此，小恩還去社區大學學了緊急救護的課程，也上網了解了正確的傷口處理。急救箱裡的寶貝越來越多。

在處理稍微嚴重一點的傷口的時候，小恩有時會胡思亂想，一個援交妹跟一個殺手同居，有什麼明天可言?每一部電影每一本小說每一本漫畫都不會為這種污垢組合設下好的終點，沒理由也沒資格。

但想著想著，小恩常笑了出來。

以前的自己，根本就不會去思考未來。

未來會不會來，根本不知道。

更何況就算是比當下還要再好一點的未來，還是不值得期待。

爛貨唯一可以期待的，是下一世。

但現在呢，居然開始擔心起明天，還真是夠幸福的了。

或許所謂的下一世，就是指現在了吧。

30

她看過鐵塊將郵局信箱打開，從裡頭拿出目標照片跟一疊鈔票。

照片後面幾乎都會寫上目標的作息，與可能出現的地點等輔助資訊。

「你完全不知道是誰放照片跟錢進去的嗎？」

「那不重要。」

也是。

鐵塊只需要知道這些就行了。

其餘的知道太多，說不定只會對工作造成負擔。

「如果你覺得錢太少了怎麼辦？還是要接嗎？」

「沒遇過。」

「你也太好講話了吧。那你大概存了多少錢啊？」小恩像是突然想到了什麼，趕緊又說：

「我不是要花你的錢喔，想說的話再告訴我就好了。」

「大概有兩個袋子。」鐵塊比了一個不大不小的長度。

真是含糊的計算方式。不過，真適合鐵塊。

「你存錢有目標嗎？比如說買房子還是……」

「我已經買下這裡。」

「哇！」

「……」

「那其他呢？有想過嗎？」

「妳想買什麼？」

「我不是這個意思啦，我也沒有特別想買的東西，我自己也有一點點存款可以買啊，我只是想問一問你的規劃，不能說就算了。」小恩有點慌慌張張的，她可不想讓鐵塊因為錢討厭她。

「我想出海。」

「出海？」

「我想買一艘船。」

小恩的眼睛都亮了。遊艇啊，聽起來好夢幻喔！

而且一定很貴吧，難怪鐵塊要一直殺人殺不停。

「好棒喔，那買了遊艇以後我們就可以開著它到世界各地，一邊接單殺人，一邊四處旅行耶！好不好！好不好！」小恩興奮地抱住鐵塊，像隻吃了跳跳糖的兔子。

鐵塊露出極其難得的微笑。

他不特別喜歡殺人，或者，該說他對殺人沒特殊的感覺。

但如果在航海時有個這樣的伴，應該稱得上是期待了。

「對了，我可以去打工，多少賺一點幫你存錢買遊艇，不管是便利商店還是大賣場還是速食店我都可以都沒問題。」她用力吻著鐵塊的身體。

「……」

「不好嗎？」小恩很認真地說：「如果你想要我再去援交、賺快一點，我也沒關係喔，因為有你保護，我現在一點都不怕遇到不好的客人……反正遇上那種很壞的我就不做，好不好？」

鐵塊用看海的眼神看著小恩。

「我養妳。」

小恩又哭了。

這陣子她才想起來，原來她是個很愛哭的女孩。

閉上眼前，我不過是一朵被踩爛的花。

睜開眼，已遇見最溫暖的陽光。

31

不知是巧合還是命運的惡意，幸福就像沙漏，一邊滿了，一邊就空了。

便利商店門口，小恩蹲在地上，撫摸著明顯胖了一圈的長飛丸。

長飛丸舔著她的鞋子，有點久別相逢的熱絡勁。

「妳很久沒來了耶。」

女工讀生彎腰，遞給她一杯剛沖的熱阿華田。

「謝謝。我搬家了，離這邊有一段距離喔，如果用走的話……我剛剛算過，至少也要走一個小時耶。」她接過，輕輕吹散浮在杯面的熱氣。

「用走的？」女工讀生也蹲了下來，捧著剛吃到一半的維力炸醬麵。

「嗯啊，我現在還蠻喜歡慢慢走的。」

「走了這麼久，那妳今天是特別過來看我的嗎？」

「嗯啊，想知道妳跟那個囉唆鬼有什麼進展啊，嘻嘻。」

提到這，即使女工讀生早有心理準備，臉色還是一暗。

「怎麼了？吵架了嗎？」

「不是，兩個禮拜前，他突然變了一個人。」

女工讀生語氣深重。她早就想找個人說說了，只是一直等不到小恩。

「他跟別人在一起了嗎？」小恩停止吹氣。

「不是……應該說不會吧？我也不知道。」女工讀生慢慢攪拌著早就不須攪拌的泡麵，又說：「完全不知道是怎麼了，他只在工作備忘錄裡塗圈圈，一個又一個黑色的圈圈，好像在鬧脾氣，又有點恐怖。我在本子裡問他，他還是用一大堆黑色的圈圈回答我……根本就沒有跡象他發生什麼事，我也不敢真的開口問他啊。」

小恩愣了愣。

表面上這好像是扮家家酒等級的小問題，但放在這兩個用工作備忘錄本子搞曖昧的兩個人身上，可是一點也不能馬虎的大問題。

長飛丸乖乖坐在女工讀生面前，有點躁動地吐著舌頭。

女工讀生夾了一筷子麵放在地上，長飛丸珍惜地舔玩著。

「我不知道耶。」小恩苦笑：「要不然，妳問他白天一起打工的那個朋友？」

「我才不要咧，那不就等於告訴他，我偷偷在喜歡他了嗎？」

「其實……你們應該都知道，彼此是互相喜歡的吧？」

「我有一點點覺得，可是又沒有把握。有把握也不能怎樣啊，難道要我跟他告白嗎？」女工讀生越說越生氣，竟戳起麵來。

嗯。

如果可以把握住幸福的話，由女孩子開口也不會怎樣的吧？

小恩本想這麼開口，但旋即想到自己是個爛貨……雖然最近走了運，變得有點不是那麼爛，但終究還是爛爛的。離題了。小恩覺得若說出由女孩主動也沒什麼的話，女工讀生一定會看不起她吧。

「說不定過幾天就會好了。」小恩尷尬地安慰她：「突然有毛病的人，就算突然好起來也……也很前後對稱吧？是吧！」

「……」

「其實啊，要是那張八筒真的遇到了什麼事、心情很差，還願意這麼無聊畫黑圈圈給妳看，也是很在意妳的吧？」小恩設身處地想像：「如果他不在意妳，根本什麼事也不必做啊，他心情不好還有空畫黑圈圈，百分之百就是在撒嬌，要妳多寫些關心的話吧。」

「是嗎？」

「是吧。」

小恩只是想到，如果鐵塊有一天生悶氣，完全不跟自己說話，只願意哼哼哼地比手畫腳給她看，那畫面一定好可愛喔。

反正，不要突然消失就好了。

「喂。」

「？」

「其實妳談過很多戀愛吧？」

「為什麼這麼說？」小恩疑惑：「我不是說過，我沒真正交過男朋友嗎？」

「看起來像啊，妳每次給我的意見都很好耶，我聽了，都情不自禁多了一些自信。」女工讀生：「說不定妳只是運氣不好，只要讓妳遇到對的人，一切都會不一樣了。」

小恩沒有點頭，沒有搖頭，因為臉上燦爛的笑說明了一切。

她好想好想跟全世界的人說，她的男人是個殺人為生的專家，很厲害的，超級厲害的。就算全世界都在追捕他們，她也甘之如飴喔。

女工讀生瞪著小恩，恍然大悟尖叫：「哇！妳跟妳老闆在一起了對不對！」

「……對啦。」小恩大力點頭。

承認這件事真的好快樂喔，如果今晚女工讀生問都沒問，小恩還很苦惱該怎麼自己說出來炫耀呢。走了一個多小時，不就是為了來說這件事的嗎！

「嘿，你們做了嗎？」女工讀生跳過替她開心的部份，直接緊張地靠了過來。

「嗯。」小恩臉一陣熱。

「那是什麼感覺啊？」女工讀生大大方方偷窺小恩的眼神。

究竟做愛是什麼樣的啊……

與其回答這麼難受破爛的事，不如回答，跟鐵塊做愛是什麼樣的。

「不知道該怎麼講耶，他想怎麼做就怎麼做，我……我都可以。」

小恩說的時候臉紅，聽得毫無經驗的女工讀生更是漲紅了臉。

沒想到妳一句話就回答得超徹底……女工讀生心想，當然什麼話也回不了口。

很久很久，直到長飛丸再度睡著，直到小恩手中的阿華田都喝光光了，直到半碗炸醬麵都見底了，女工讀生才若無其事地說：「妳比我晚起步，卻比我早成功，好好喔真的。」

「我啊……其實我配不上我老闆，他那麼好，我那麼……不好。不過現在要我離開他，說什麼我也不肯。」小恩捏著長飛丸毛茸茸的頸子，認真地說：「真的，現在的我什麼都不要了，跟他在一起就好了。」

女工讀生當然不明白這中間錯綜複雜的過程，也不知道小恩的過去。

但女人終究了解女人。

她很感動。

「一個男生若是喜歡一個女生，到底，會有什麼表示呢？」

女工讀生看著手中，沉甸甸的藍色本子。

小恩想了想。

一個男人要喜歡一個女人，會做什麼當作告白呢？

要說，他會不分青紅皂白，走過街，冷著眼，幫她殺了兩個混蛋嗎？

她忍不住笑了。

女工讀生聚精會神，豎著耳朵靠了過來。

「他會送她一支牙刷。」小恩這麼說。

女工讀生有點懂，又有點不懂。但是……

「好酷喔。」

「真的很酷呢。」

32

同居四個月又十七天了。

這段期間，死在鐵塊拳頭下的人已到了二位數。

距離遊艇的夢想又靠近了一點。

鐵塊常常面無表情，像一塊鐵。

不管用多少形容詞去描繪鐵，鐵就是鐵，一個樣子。

其餘的都是文學家最擅長的浮濫言辭虛掩假造。

但沒有表情的背後，鐵塊其實擁有非常豐富的情感——小恩如此想像著，也享受著。小恩幻想了很多很多。有太多的不明白，但光是想像就很感動。

例如，鐵塊是一個輾轉受雇於各個國家的傭兵，曾經在很多國家打過仗，在無數次真槍實彈的格鬥中學會了用拳頭殺人的最暴力。

例如，鐵塊是一個失意的武術家，從他拳頭散發出來的猛烈煙硝味就是一種特殊內力的氣味，多年前曾經失手打死過對手，於是無法行走於光明。

例如，鐵塊是一個國防部祕密改造的生化人，在他的體內埋有火藥——所以會有煙硝味。在他的手臂埋入鐵骨——所以鐵塊一拳就能夠將人臉打爛。

她不敢問太多，她小心翼翼與鐵塊的過去保持距離。

就算問，也只問一點點。

他們的相處裡沒有電視或廣播，唯一有用的電器就是冰箱與熱水瓶。

小恩習慣將冰箱填滿，她愛喝甜膩的飲料，鐵塊除了喝水，頂多喝冰啤酒。

沒有電視跟廣播，生活裡的線條就清晰多了。

然而，這不代表絕對的安靜。

有件事小恩始終很在意。

從隔壁傳來的，那康康重唱張學友的〈藍雨〉歌聲一直沒有間斷過。

這沒有什麼不好，但終究是件很奇怪的事……是什麼樣的人，會將音響設定在重複播放同一首歌，經年累月播放呢？再好聽的歌，被這麼重複折磨，也會變得很膩很膩吧？

那張專輯是康康現場演唱錄製的LIVE版本，康康在唱藍雨前，都會說上這麼一段：「接下來我要唱的這首歌，原唱叫Jacky，有一次我唱這首歌給他聽，他說，非常好聽，所以在這張新專輯裡我也收錄了這首歌，張學友的，藍雨……」

歌聲開始，康康的悲情低嗓擁有獨特的穿透力。

隔著一面牆，鐵塊與小恩不知道被穿透了幾萬次。

「從你買下這裡，那首歌就一直住在隔壁嗎？」小恩雙手撐著牆，兩腿打開。

「嗯。」鐵塊一手扣著她的肩，一手抓著她的腰，挺進。

「我是還好啦，但你聽了這麼久，都聽不膩嗎……嗯……嗯……」

「早膩了。」鐵塊奮力挺進，敲撞著小恩的深處。

「那我們等一下去敲門……嗯……叫他至少換一首好不好？」小恩很辛苦地說。

她的裡面都被撐飽了，一下子就很酸很酸。

「隔壁沒住人。」鐵塊反抱起小恩，將她丟在床上。

對了，他們有了一張貨真價實的床。而不只是一張萬用的躺椅。

「沒住人……嗯……」小恩像隻浣熊，牢牢抱著鐵塊這樹幹。

「沒住過人，一點活著的聲音也沒。」鐵塊感受著小恩的指甲刮著他的背。

雖然擅長的不盡相同，但殺手的耳朵終究不可小覷。

沒有住人，卻留下永無止盡的歌聲，這背後一定還有什麼故事。

久了，就成了鐵塊與小恩相處時的背景音樂。

比空氣還真實，是聽覺的觸感，是身體久釀的習慣。

「別管了。」鐵塊將頭埋在她的長髮裡，抖擻著。

「嗯，不管了。」小恩用全身僅存的力氣抱住他，迎接最後的攻擊。

鐵塊的身上散發出濃烈的煙硝味。

如果愛情有味道。

就是這個氣味了吧。

33

白天在外面晃來晃去的時間變多了。

當殺手，鐵塊也沒什麼當殺手的自覺，一點不怎麼避諱人多的地方，把這個無聊透頂的城市當作一個隨處都可以用腳逛的地方。

有時候小恩覺得，鐵塊對「逛」這個字沒有真正的想法，只是……就走來走去。

有一次小恩問鐵塊：「想不想一起去動物園？」

鐵塊說：「不想。」

「那你可以跟我一起去動物園嗎？」小恩換個比較正確的問法。

「可以。」

然後兩個人就去了動物園。讓小恩好開心。

後來又去了好幾次。

小恩對動物一點興趣也沒有，但可以跟鐵塊一起去大家都去約會的地方，讓小恩好高興好高興，每次都打扮得漂漂亮亮、仔細化好妝才出門。

到了晚上，小恩喜歡隨手從鞋盒裡拿出一份蟬堡唸給鐵塊聽。

不管是哪個章節，鐵塊都聽得津津有味，也常帶著意猶未盡的微笑睡著。

一杯冰啤酒，一杯冰紅茶。

一場又一場從隔壁牆後滲透流洩進屋子的藍雨。

「你很喜歡聽故事嗎？」小恩的腳賴在鐵塊的肚子上。

「嗯。」鐵塊拿著冰啤酒，划過她雪白的脛骨。

「那你想聽我的故事嗎？」

「……可以？」

「不過不是很好聽喔。」

「沒關係。」鐵塊喝著冰啤酒：「我想聽。」

「那，我可以用我的故事，交換你的故事嗎？」小恩湊了過去，一臉熱切。

「……」鐵塊一時沒有說話，畢竟自己沒什麼過去好提。

「開玩笑的啦，我免費說給你聽。」

暖暖的，小恩靠在他的肩膀，用第三者的淡漠語氣敘述著不堪回憶的過往。

一個只要沒酒喝就回家拿錢打人的生她的那個男人。

一個無論怎麼哭訴哀號，總是要她噤聲忍耐的生她的那個女人。

一個對她極盡壓榨之能事的警察。

一個又一個將她當成充氣娃娃的男人。

故事的終點，便停泊在一個將她牽起，要她說故事的殺手。

那個殺手，擁有神祕的拳槍。

「很厲害喔，他啊，嘿嘿嘿，每一次殺了人，拳頭就會冒煙呢！」

「……冒煙？」鐵塊愣愣的。

「又不是在說你，少臭美了啦！」

「喔。」

後來小恩重複說了好幾次自己的故事，語氣越來越陌生，一點感傷也留不住。

她實在是太幸福了，無法勉強自己回到過去的時間感受悲傷的情緒。

而鐵塊聽小恩的故事時，從沒有不小心睡著過。

沒有評論，也沒有特別的感想。這點讓小恩感到安心。

某一夜，小恩翻著從網路列印下來的遊艇型錄。

鐵塊從浴室走出來，赤裸裸的，連毛巾也不披，踏了一地的水。

小恩將型錄闔上，塞在床墊底下。

遊艇沒有想像中來得貴，一台從接近百萬到上千萬都有，如果要，鐵塊現在就可以買下基本款的那幾台。但鐵塊好像沒什麼太特殊想要的東西。

所以小恩想，既然只想買遊艇，那便一口氣買好一點的吧。

又，小恩反倒有點不安。若太快實現遊艇的夢想，好像有點太順利了。

「鐵塊啊，我覺得，我們不要生小孩好不好？」小恩突然開口。

「無所謂。」鐵塊坐下，也不管弄溼了床。

「……」小恩嘛著嘴。

「為什麼？」鐵塊只好問。

「除了做愛，我什麼也不會。除了殺人，你也什麼都不懂。」小恩看著堆在牆角的空啤酒罐，懶洋洋地偎在鐵塊又溼又燙的胸膛，說：「我們只會生卻不會教，還不如你跟我就這樣爛爛的、誰也不欠的過一輩子就好了。好不好？」

「好。」

「不過你要生，我也可以生啦。」小恩摸著肚子，有點抱怨：「反正你什麼也不管，老是就這樣射在裡面。雖然我都有定時吃藥，但我看有北鼻也是遲早的事吧。」

「對不起。」鐵塊有點不知所措。

「沒關係啦，我都……我都可以。」小恩不知道自己在說什麼，只是往鐵塊硬硬的肚子裡鑽：「你要我拿掉也可以，要我生也可以。我都依你。都依你。」

心裡默默決定，如果不小心懷了孕，就偷偷去拿掉了吧。

順便再請醫生幫她結紮。

小恩一點也沒把握把一個孩子帶好，她可不想重蹈生她的那個女人的覆轍。

爛爛的人生，就在她這一代喊停吧。

「最近開始冷了。」她聞著他的呼吸。

「……有點。」他呼吸裡粗重的酒精味，催眠著她的嗅覺。

「明天，我出門幫你買幾件秋天的新衣服好不好？」逐漸，她有了點睡意。

「好。」

「褲子呢?也幫你買一件好嗎？」

「好。」

「還是牛仔褲嗎?還是那種軍綠色的休閒褲？」

「都好。」

鐵塊側翻了身，用他的身體囚住小恩。

她像平常一樣，什麼也不多想地睡著。

34

隔天醒來，鐵塊已經出門。

小恩在上個月剛買的長鏡前梳理打扮，弄了好久才出門。

來到初遇鐵塊的西門町，小恩走進牛仔潮店，仔細地挑選衣服。

她太清楚鐵塊的尺寸。

一伸手，再加上一個掌長。

一踮腳，再往上平翻兩個掌心。

三個多小時就買了兩大袋衣褲。

衣服都是黑色的，或至少是深色的，免得在街頭受了傷太過顯眼。

還有一件全黑的皮外套，鱷魚皮紋在初秋的陽光底下閃耀著狂野的金亮，看起來有點狠，有點囂張。比梁朝偉在無間道裡穿的那套還帥，還有型。

「如果鐵塊穿著它殺人，一定酷斃了。」小恩讚嘆道。

於是一點也不後悔從遊艇基金裡撥一點點，買下它。

回到屋子。

小恩將剛買的八卦雜誌翻了兩遍，又將報紙影劇版翻了兩次，先睡了個覺。

醒來，夜了。

鐵塊還沒回來。

「好餓。」小恩咕噥著，心不甘情不願爬起。

在樓下巷口吃了碗雞肉飯加油豆腐，喝了碗熱到燙舌的筍子湯。

鐵塊不總是在身邊，是該買條厚一點的棉被了嗎？

小恩想起今天提著兩袋衣服走回來時，在漢口街一段看到的寢具店。

好好笑喔，鐵塊不像是會隨便丟東西的人，但屋子裡可沒一條棉被。

去年冬天鐵塊是怎麼過的啊？就算不會生病，也沒想過讓自己睡得暖些嗎？

吃飽了，小恩在附近的飲料舖買了杯珍奶，想起冰箱裡還有點空間，於是又走到便利商店買了一手冰啤酒，這才蹦蹦跳跳回到了屋子。

打開冰箱，補齊了滿滿的冰啤酒。

喝著珍奶，又將雜誌翻了一次，這回連平時一定略過的部份也看了個仔細。

好無聊，鐵塊還沒回來。

「這次一定有很多人要殺。」小恩看著陽台。

風吹著晾在繩索上的衣服。兩人的衣服加起來太多，都快吹不動了。

她嘆氣：「好可憐喔，今晚那麼多人就這樣死翹翹了。」

闔上雜誌，忍不住倒在軟軟的床上：「殺那麼多人，肩膀一定很痠吧，回來一定要好好幫他按摩，不可以偷懶。」

枕頭上殘留著鐵塊的氣味，她埋在裡頭，深深吸了一大口。

想睡了。

這陣子都很早睡，也很喜歡早睡。

小恩闔上眼睛。

少了鐵塊的呼吸聲，牆後傳來的藍雨彷彿更清晰了，每個字都好清楚。

小恩縮著身體，像條乾掉的毛毛蟲。

「好冷喔。」

35

那兩袋衣服還是擱在牆角。

小恩一大早就醒了。冷醒的。

到浴室沖了個從腳趾暖到鼻尖的熱水澡，在樓下轉角又轉角的連鎖早餐店吃了份肉鬆蛋餅又一杯熱可可。好充實的一天開始。

買了份平時不會看的雜誌回家，還多帶了一份早餐。

十一點，小恩肚子太餓了，只好把冷掉的早餐給吃了。

「……應該買台微波爐的，隨時都可以熱東西吃嘛。」

小恩研究起家裡插座的位置，很快又有新結論：「還要買一條延長線耶。」

那就，擺在這裡好了？

就這麼決定。

於是小恩出門，走路到大賣場買了台微波爐，跟一條五孔式的延長線。

經過寢具部門時，小恩在羽毛被、羊毛被、蠶絲被前來回晃了好幾次。

「大家都說羽毛被比較好，可是羊毛被看起來比較暖耶。」小恩有點苦惱。

應該跟鐵塊討論一下的。

隨便亂買，雖然鐵塊一定會說不介意、無所謂、隨便、沒關係、都可以，但說不定會有小小的不高興……那自己可就不貼心了。

尤其是買到粉紅色太可愛的，實在跟鐵塊很不搭。

「就是想跟你一起挑嘛。」小恩有點高興，將棉被放回架上。

結帳了，小恩提著微波爐跟延長線回家。

由於新鮮，晚餐就是熱過的便利商店食品，打開微波爐一陣人工香氣撲鼻。

吃完飯，到樓下倒個垃圾，便慌慌張張跑回家。

鐵塊還沒回來。

「什麼嘛。」小恩皺眉，摔在床上。

潦草地翻完了看了又看的雜誌，抱著枕頭，翻來覆去，有點睡不著。

天氣真的變冷了，小恩的腳趾不住地屈縮。

她牢牢糾纏著枕頭，無時無刻都存在的藍雨變得很強烈。

變得有點討人厭。

有點後悔沒有在大賣場隨便先挑條棉被。

有點生氣。

一直到天亮，小恩都沒有真正睡著，半睜著眼，隨時準備好翻起身。

「連續殺了兩天，肩膀一定很痠很痠……」她有點心疼。

洗了個熱水澡，腳趾都燙紅了。沒有一點胃口。

翻了一下她收集鐵塊殺人的舊新聞剪貼簿，精神卻集中不起來。

「對了，殺了兩天的人，屍體一定堆到蘋果日報的頭版了。」

一想到這，小恩精神一振，胡亂擦乾身體就出門。

架上的蘋果日報還厚厚一大疊，很快翻了兩次，加上很慢又翻了兩次，就是沒看到類似、或有一點點類似的社會兇殺新聞。

失望地回到家，看到那兩大袋衣服還擱在角落，又更失望了。

這次小恩很快就睡著。只是三個小時內醒過來十五次。

晚飯時間，小恩腦子裡都是棉被棉被棉被棉被。

但沒有吃。

深夜裡，小恩腦子裡還是棉被棉被棉被棉被棉被。

但沒有睡。

一直睜著眼看到天變白了為止。

36

一天都沒吃東西。

坐在浴缸邊上，用熱水沖腳沖了一整天。

剪貼簿翻了四次。

37

這一天還是沒有睡。

將兩袋衣褲通通吊了起來，免得鐵塊臨時要穿，會有明顯的摺痕。

「好帥喔。」小恩看著那黑皮外套，憐惜地撫摸著肩側的斜光。

勉強吃了點東西，到了晚上又都吐了出來。

在床上躺到天亮，好像聽見樓梯有人走動，打開門確認了十一次。

沒有棉被，一直打噴嚏。

剪貼簿翻了六十二次。

38

醒來就吃餅乾。

吃完就睡。

不敢出門，所以這一天，還是沒有去買棉被。

到了夜裡很冷，熱水澡洗了兩次。

每一次都洗了一個多小時。

剪貼簿翻了一百七十五次。

藍雨很吵。

39

早上醒來一直打噴嚏。

不曉得為什麼，賴坐在咿咿啞啞的樓梯上好幾個小時。

好冷。

冬天明明就還沒來。

剪貼簿連打開都沒打開。

40

蜷縮在床上好久了。彷彿未曾離開過這屋子。

隔壁那藍雨歌聲近乎喧囂，吵得她無法闔眼。

枕頭全溼了。

她知道，鐵塊不會回來了。

只有像他這麼好的人，才會用這麼溫柔的方式、一聲不響地離開她。

而不是趕走她。

這次又是哪裡出了錯？

不該跟他提起不生孩子的事嗎？

還是他不喜歡她幫忙買衣服？

還是……他聽膩了她重複說著的那些破爛故事？

都不是。

全部都不是。

一切只是她配不上他。她早知道的。

他值得更好的女人。

只是他留在鞋盒裡的那些寶貝故事，也不帶走了嗎？

小恩將臉埋在枕頭裡。

如果他再回來。

再回來拿這只鞋盒。

她一定要跪下來，向他發誓，向他磕頭，向他保證。

以後一定不再說錯話了。

不再提起自己的過去了。

也不再提起生孩子那麼掃興的事了。

就專心一意當他的讀故事機，當他洩慾的娃娃。

就算要跟別的女人分享他也無所謂。

真的。

真的。

「鐵塊……我好冷喔……我快發燒了……」

小恩沒有表情地哭著：「我好怕我會一個人就這樣死掉喔……」

原來，分離也是愛情的一部份。

41

鐵塊再沒有回來過。

三個月了。

小恩不知道鐵塊將錢放在哪，她從未問過。

他肯定連郵局的信箱都換了。

換了，連神祕的委託人也不通知了，任憑一個牛皮紙袋放在裡頭虛耗著。

小恩偷偷打開過，裡面有一小疊鈔票，還有一個上了年紀的女人的照片。

她不敢動，只是放回原位。然後在下面壓了一封給鐵塊的信。

幾天後再打開，牛皮紙袋沒了。

倒是寫給鐵塊的信孤孤單單躺在裡頭，沒有拆過的痕跡。

牛皮紙袋是鐵塊拿走了嗎？

還是神祕的委託人拿回去了？

不管，反正鐵塊再沒有回來過。

小恩住在巨大喧囂的藍雨裡，一天又一天。

讀著一遍又一遍的蟬堡。

想起第一個晚上，鐵塊還沒有名字，赤裸裸坐著與赤裸裸的自己對看的畫面。就覺得很好笑。有點高興。

是了，鐵塊一定也喜歡著自己，才會將這間房子留給她。

說不定只是一趟臨時的遠門，目標在國外，或是需要更耐心的等待。只不過鐵塊從沒問過自己的手機，家裡也沒電話，自己沒被通知到也是很平常的。

更可能喔，是鐵塊本來就是個習慣孤獨的人，跟自己不一樣。

像他這種酷人啊，能跟自己在一起這麼久還真不容易，一定是出門透透氣，回味以前一個人時候的感覺吧。

「一定是的，如果他回來了，我一定不能哭，要很平靜。」小恩暗暗發誓：「哭會讓人討厭，我連問他去了哪都不要問，真的。」

為了生活，也為了那個夢，小恩又回到以前的生存方式。

她在城市的每個角落走來走去。

坐在路邊，她睜大眼睛，注意每一個高大路人的臉孔。

但冬天即將過去的時候，她的眼神也遲鈍了。

有時她會到海邊走走，靠在堤防上看海，試著感受一下鐵塊正在遠方某處看著同一片海的悸動。

但可惜，沒了鐵塊在身旁，平靜無波的海變得單調乏味，波濤洶湧的海則成為巨大的噪音器。常常還有警察請她離開不要尋死，也有不少無聊男子過來調戲。

有些男的，當然成了她的客人。

偶爾她還會鼓起勇氣，回到那間熟悉的便利商店。

那條從未盡過流浪狗義務的老狗不知做了什麼，竟瘦了些，還學會了替茶葉蛋剝殼的高超技術。還，認得她的氣味。

「那個八筒，應該已經沒事了吧？」小恩揉揉長飛丸有點結實的頸子。

這條狗，竟然大大方方躺在櫃台旁邊。

「嗯，沒事了，好像什麼事都沒發生過。」女工讀生整理著收銀台。

「在一起了嗎？」小恩讓長飛丸聞著手指上剝落的粉紅色。

「哎喲，哪可能啊！」

儘管如此，女工讀生的臉上盡是幸福的顏色。

有沒有真正在一起，也就不是那麼重要了。

「妳呢？跟老闆還好嗎？」

「老闆出了遠門，我替他看家。」

「哇！」女工讀生露出羨慕的表情：「聽起來好高級喔。」

「……哪有。」

「不過他的眼睛不是看不到嗎？怎麼沒有跟他出去呢？」

小恩愣了一下，幸好頭低低地在跟長飛丸玩。

「他出門的時候不聽故事，所以沒帶著我。」她的手指有些僵硬。

「好怪的人喔，不過也是啦，家裡有人住著等比較好，小別勝新婚喔！」

女工讀生彎腰，笑嘻嘻遞給小恩一杯思樂冰。

還是一樣，冰冰的。

暖暖的。

42

再怎麼受鄙視也無關緊要，只要給錢，她的兩條腿誰都可以打開。

小恩遇到了一些客人，運氣偶爾好，偶爾差些。

一個性無能的老伯伯趴在床上，舔了她的私處整個晚上。

「想尿尿了嗎？儘管尿在床上沒關係呦！」老伯伯滿臉通紅，掰開她的私處：「尿在伯伯的臉上也沒問題喔，我會……我會多給妳五百塊！」

然後小恩就真的多拿了五百塊。

一個年過七旬的嚴肅地方議員，用棉花棒沾酒精，一絲不苟，在她的私處塗塗抹抹了好久，十幾分鐘過後才面不改色、不戴套進去。

「……像妳們這種出來賣的，一定要定期到醫院檢查，免得害人害己，毀了人家家庭。嘿！」老議員板著臉孔，一聲不響地射在裡面。

一個半身刺青的壯漢拿著酒瓶，插進她的私處當汽車排檔桿吆喝又吆喝。

「這一招有沒有很爽啊！裡面有沒有爽到麻麻的啊！」壯漢大笑。

小恩努力記清楚他的臉，在心中驕傲地發誓：「如果鐵塊回來了，我一定叫他打死你，而且不要一拳打在臉上，一共要打十幾拳才讓你死。」

還有一個電視節目製作公司的老闆。他在7-11買了一大袋圓珠冰塊，一粒一粒塞進她的私處裡，塞一粒給一千塊錢。忍受一分鐘再給一千塊錢。

那晚，小恩賺了七萬。

每一張鈔票都小心翼翼地存了起來。

要買艘遊艇，最便宜的也要八十多萬。

不過那種等級的鐵塊一定不喜歡，要不，鐵塊早就買了。

小恩很少買新衣服，除非在工作時被扯爛。也很少逛街了。

為了賺更多的錢，小恩加入了幾間傳播妹經紀公司，接一些在私人派對上跳脫衣舞、在KTV陪客人唱歌喝酒、當然也做帶出場的性工作。

在那種場合，小恩有了新的藝名，叫「茉莉」。

叫什麼都無所謂了。

要緊的是茉莉超乎小恩的想像，像是人格分裂般可以跟認識才一分鐘的陌生男子談戀愛般噓寒問暖、用上了愛情小說裡那些噁心芭樂的撒嬌勁、為了更多酒錢分紅偶爾還會假哭。

一句話，茉莉是個什麼都敢玩的爛貨。

另一手拿著手機，拍下她毫無尊嚴的姿態。狼狽的整臉都是甜醬。

客人拿著鈔票，輕輕拍打著她的臉。

她一邊想著，一邊用舌頭將客人生殖器上的巧克力醬捲了乾淨。

「如果鐵塊回來了，看到遊艇一定很高興。」

沒有一個客人上她的時候，像鐵塊一樣溫柔。

沒有一個客人幹她的時候，把她當成出了房門還會在路邊吃碗麵的人。

不管在外面有多爛，被玩得有多賤。

只要小恩回到那房間，聽著從隔壁的陣陣藍雨，就有一種平安順遂的幻覺。

有些疑問，時間給不了答案。

唯有運氣。

43

鐵塊離開後的第六個月，又零四天。

濃妝豔抹的小恩跟七個當紅的傳播妹接到了指示，到一間庭園KTV裡跳豔舞。

八個傳播妹算是大陣仗了，而且被一口氣包下整夜。

這麼闊綽的出手，是一個有黑道背景、叫「瑯鐺大仔」的立法委員，為兩個剛剛從監獄蹲出來的小弟洗塵辦的派對。

那兩個小弟也不是小弟了。

臉色有點靦腆，有點迷惘，有點不知所措。眼角多了無法逆流的皺紋。

幾年前為了一樁工程糾紛，他們幫瑯鐺大仔將兩個主要競爭對手大卸八塊、裝入麻布袋再沉進淡水河。由於惡行重大，即使這位黑道立委用上了特權也費了七年才搞定假釋。

為了樹立「幫大哥扛罪是獲得黑幫重視的捷徑」的榜樣，這洗塵派對結束後，所有傳播妹都賞下去任幹。

這次要服務的黑幫混混共有八個，見者有份。如果哪個傳播妹被那兩個身為主角的出獄小弟選到了，出場費再加三萬。

這個附加條件讓八個傳播妹在熱跳豔舞時，特別針對兩個主角大拋媚眼，用身體最溼熱的地方磨蹭他們，將他們的臉埋進改造過的巨乳；香汗淋漓的，幾乎令兩個主角窒息。

連稱噪音都太恭維了的歌唱聲中，八個傳播妹輪流在八個急色鬼的懷裡寬衣解帶，說說笑笑。酒水在兩嘴間親熱地交遞著。

半醉的小恩手指勾著酒杯，笑吟吟向每個她叫不出名字的男人敬酒。

輪到第六個男人時，小恩的鼻息在那人懷裡溫柔地鑽躺著，用舌頭解開衣服。

突然之間，她的神智整個清醒。

雖然僅僅是依稀的氣味，但她絕對不可能弄錯。

煙硝。

一股淡淡的煙硝味從男客的懷裡「燒」了出來。

小恩眼神從一瞬間的無比清明，又在一瞬間回復到老練的迷醉。

她親吻著正在唱歌的男客，一面偷偷用鼻子鉅細靡遺在他身上搜尋。

頸子、肩胛、胸膛、小腹……

那氣味從男客的右胸膛下側傳來，刺鼻，濃烈。

嗆得小恩全身都起雞皮疙瘩了。

「美女，搔我癢啊？」這男客放下麥克風，色瞇瞇地拍拍小恩的頭。

一手大力地掐著小恩發燙的乳房。

小恩溼濡的舌頭從男客的胸前一路舔向右胸膛下側。

燈光昏暗，小恩的眼睛卻看得比貓頭鷹還清楚。

半個清晰的紅色拳印，怵目驚心地烙印在那兒。

不知怎地，原本非常享受伺候的男客有點厭倦地推開她。

小恩卻立刻撲了上去。

「哥哥，帶我出場好不好？」小恩閃動著哀求：「看到哥哥你，我下面突然溼了。突然……突然就好想要喔！」雙手指甲刮弄著男客敏感的乳頭。

那男客怔了一下。

當所有傳播妹都將所有的柔情圍攻兩名剛出獄的主角，這個漂亮女孩卻如此待自己如此熱切？他媽的，這世界上真的有那麼欠幹的女人！

她牽著男客的手，帶著他撫摸自己的下體。

「小妹妹，哥哥可是很粗暴的喔。」他獰笑。

「我最喜歡粗暴了，拜託……拜託對我粗暴一點……」

她的吻狠狠貼上。

44

派對還沒結束，小恩就被抓進廁所吹了一次。

當所有人都醉掛在包廂時，一輛計程車將男客與小恩載到最近的汽車旅館。

進了房間，小恩什麼都沒說，什麼也沒問。

任那個酒氣沖天的男客掰開自己的大腿，連前戲都懶得做做樣子就插了進來。

小恩先是盡情大叫，扭動自己的身體迎合一點都不懂憐香惜玉的攻擊。

不到三分鐘，她的雙腳死命夾住男客龍飛鳳舞的背，開始哀聲討饒。

「可不可以不要再幹我了……我好像快死掉了……再幹下去我真的會死掉……」

「求求你求求你……快點拔出來好不好？我快發瘋了……」

「不要……不要我真的不要了……不要這樣看我不要……我快死掉了……」

這是什麼樣的討饒聲啊？簡直是誘人犯罪。

於是男客更加粗魯，最後乾脆半站起來，將小恩的雙腳高高擒在肩上，像打幫浦一樣噗噗噗噗猛力朝下抽弄。

插得小恩滿臉通紅，整張臉都崩潰了。

射出前一刻，男客兇猛得像一隻打了興奮劑的獅子。

「女人，妳叫什麼名字？」他目露兇光。

「茉莉……」她看著自己的散亂快折斷的雙腿，淚光滾出。

「哭什麼？」他傾注全身重量，狠狠往下壓送。

「我這輩子從來沒有這麼舒服過……好滿足喔，真的好滿足唷……」她哭著。

洩出那一刻，他就像一塊死去多時的肥肉。

趴在小恩身上，男客所有的汗水夾帶蒸騰的酒精味一鼓作氣淋在她身上。

很久，小恩都說不出一句話。

男客像條被烈日曬乾的蚯蚓，更是懶得發出聲音。

直到男客的生殖器軟到自己從小恩的私處滑了出來，連帶灼熱的精液也跟著陰道有氣無力的蠕動流了滿床，到了這種關頭，男客再怎麼懶也只好起身善後。

抽了幾張衛生紙把自己那邊擦了擦，再把亂七八糟的床單揩了揩，免得待會沾到自己射出的東西，亂噁一把。

「這是什麼啊？」小恩迷茫地看著男客右胸下側的紅印：「好性感喔！」

「性感？」男客啐了一口：「那一拳差點要了我的命啊！」

將唏哩嘩啦的衛生紙團胡亂丟在遠處地上。

「？」小恩一臉迷惘，似乎還在喘息：「你在說什麼啊？拳頭？」

「要不真的挨了這樣一記，說什麼我也不信這世間上有那麼硬的拳頭。」男客大剌剌躺下來，看著裝了大片鏡子的天花板：「他媽的，只是擦到一下，肋骨就這樣給我斷掉，差一點就南無阿彌陀佛了……」

小恩縮著發燙的身體，臉上的潮紅還沒褪去，說：「誰那麼老土啊，不用槍，用什麼拳頭……好好笑喔。」

「算了，不說啦！」男客拿了支菸，試了三次才點著。

小恩憐惜地摸著男客肋骨上的傷痕。

「哥哥被打是多久前的事啊？」

「差不多有半年了吧？」男客皺眉，吐出不耐煩的煙霧：「……現在看起來好像是好了，但一回想，幹你娘，居然還是會痛！」

半年了……

「那……那個人呢？一定被你們痛扁一頓了吧！」

「痛扁一頓？挖操！什麼人不好惹，惹到我們瑯鐺大仔，嘿嘿，下場怎麼可能只是被痛扁一頓？」男客瞇著眼，有點意興闌珊：「他媽的不說啦，講這些妳也不懂我們當男人的辛苦。」

小恩猛點頭，眼睛一直看著男客身上那消抹不去的拳印。

久久，小恩才回過神來。

「我去洗香香喔，等一下出來再幫哥哥按摩。」

她吻了男客深褐色的乳頭一下，蹦蹦跳跳走進浴室。

打開蓮蓬頭，用最強力的熱水從臉直接沖下。

熱水流到腳趾的時候，已跟大海一樣鹹。

原來是這麼一回事。

小恩坐在浴缸裡，讓滂沱雨下的激烈熱水燙紅身上每一吋皮膚。

默不作聲的大哭，竟是如此痛苦。

五分鐘後，小恩隨著滾滾熱氣從浴室走出來。

男客的眼皮已撐到了極限，殘留在體內的酒精煮沸似的燒灼他的內臟。

趴在床上，昏昏欲睡。

小恩裹著浴巾，坐在男客身旁，指尖溫柔地撫摸上背。

「幫你按摩喔。」

「……唔。」

男客舒服地享受著，發出沉重的呻吟。

從沒有過這樣的情形，不須他開口付錢，就有這種柔情對待。

想必……自己剛剛真的把這婊子幹到爽過來又翻過去吧！

「哥哥，人家下次還想要的話怎麼辦？」

「嘿嘿……」

「哥哥，你可不可以偶爾想到人家，就來弄一下人家……」

「把妳幹得那麼爽，還要付錢給妳，嘿嘿，妳會不會賺得太輕鬆啦？」

「好嘛……人家不跟你收錢就是了。」

足足按摩了半小時，男客終於沉沉睡去。

小恩耐著性子繼續壓按，直到打呼聲不時震動起男客酸臭的身體。

她小心翼翼下床，翻出男客放在褲袋裡的手機，拔出 SIM 卡插進自己的手機裡，快速備份下所有的通訊錄、簡訊，還有行事曆上的約會記錄。放回去。

毫不猶豫打開梳妝台的抽屜，拿出原子筆在睡死了的男客手掌背上，寫下自己的手機號碼，以及一句任何男人看到、都為自己的老二感到無比驕傲的肉麻話。

穿好衣服，小恩站在門邊看著男客。

緊緊握著拳頭，緊緊握著。

45

回到那僅有的容身之處。

用剩下的一點力氣，小恩緊緊抱住枕頭，聞著那幾乎不存在了的氣味。

陽台上的五條吊衣繩。

沒有穿過的黑色皮衣。

鞋盒裡珍藏的紙片。

一塵不染的躺椅。

隔壁傳來的歌聲。

鐵塊再也不能回家了。

這個事實，比負心遺棄她還令她難受一億倍。

她終於明白「愛一個人就是無論如何都希望他在某處過得好、得到幸福」這種冠冕堂皇的話是什麼意思。但明白了也不再有任何意義。

當時他在哪裡？
發生了什麼事？
會很痛嗎？
是一下下，還是拖了很久？

鐵塊離開房間的那天早上，自己睡得很熟很熟。
根本沒有最後一眼的印象。
鐵塊當時有摸摸她的頭嗎？
有親親她的頭髮嗎？
不知道。
一想到這裡，小恩就難以克制心中巨大的寂寞。

哭，是唯一能形容她的字詞。
除了哭，她什麼也沒做。

天亮了。

她跪在陽台，看著地上那一縷蒼白稀薄的陽光。

這輩子她從來沒有如此渴望有神的存在。

被第一個上了自己的男人拋棄的時候。

被乾鎖在床上的時候。

被輪暴的時候。

被痛毆的時候。

被威脅陷害女工讀生的時候。

被酒瓶插進下體的時候。

那些時候全部加起來，或者，通通再發生一次也無所謂。

……都比不上這個卑微的願望。

「求求祢，鐵塊是一下下就死掉了好不好……一下下一下下就好了……」

她像一隻徬徨無助的小麻雀，流下最後一滴被迫虔誠的眼淚。

陽光褪去。

藍雨依舊。

小恩已經得到了最痛苦的堅強。

這是她的僅剩。

46

找遍了房間，沒有鐵塊留下任何關於存款下落的線索。

一點蛛絲馬跡也沒有。鐵塊自己也從未想過沒能回家的這一天吧。

算一算自己的存款，大概還有三十四萬。

小恩在鐵塊的郵政信箱裡，留下了一封信。

這次署名的對象不再是鐵塊。

留下四萬，剩餘的全都用白紙包好，放在信件底下。

要是能加上鐵塊的存款，事情成功的機會一定能大大增加吧。

只是若自己不涉身在內，又有什麼意義呢？

「鐵塊，保護我。」

默禱，小恩將信箱鎖上。

47

活著，她曾經找到幸福的理由。
死去，她無法不滿足這個慾望。

小恩在重慶南路翻了一整排書店的書。
在網咖裡又上了一整天的網。
想知道的、該知道的，小恩努力地去了解。
很多東西都很好買到，比想像中簡單太多。
時間或許更比想像中緊迫，但她還是找了時間道別。
孤孤單單的，永遠都無法習慣。
這個世界上，也許僅僅只有兩個人、一條狗還跟她有淡淡的「連結」。
如果她消失在這個世界上了，就只有這兩人一狗還會偶爾想起她吧。

「六十五塊。」

她數了數，將零錢放在桌上。

乳八筒將發票遞給她，她隨手插進櫃台上的捐獻箱。

隨便將番茄醬擠擠塗塗，彎下腰，一點也不在意乳八筒的想法，就將剛剛買的熱狗遞給早已坐好了的黃金梅利。黃金梅利一點也不懂得珍惜地亂咬吞下。

另一條熱狗，她自己拿著就吃。

收銀台旁，放了一本《十分鐘，擁有人生第一道真氣》。

怪書。

「妳看起來很虛弱。」乳八筒正經八百說道。

「嗯。」那又怎樣。

「妳需要力量。」乳八筒看著剛剛結帳了的提神飲料，嚴肅地說：「但不是這種鳥鳥的力量。」

「嗯。」她吃著熱狗。

「來，背對著我。」乳八筒從櫃台後走了出來。

反正也沒事做，她便無精打采地轉身。

只感覺到乳八筒伸手貼住自己的背。

「不要害羞。」

「我沒有害羞。」

乳八筒就這樣，用手掌貼住小恩的背。

這一貼，就是十分鐘。

十分鐘裡，小恩吃完了熱狗，喝完了提神飲料。還發了個呆。

「有沒有感覺到熱熱的？」乳八筒有點艱辛地說。

是啦，背上是熱熱的，但顯然只是因為一直被手掌貼著的關係吧。

「嗯。」

「有沒有感覺到，一股精純的熱氣從妳的丹田氣海鑽進，然後順著任督二脈滲透到五臟六腑，將妳體內的不安定的陰柔之氣慢慢融合？」

「什麼叫精純的熱氣？」任督二脈是什麼就算了。

「就是一股充滿剛正意念的純陽真氣，像一團不會燙手、卻越燒越旺的火球。不，也許也像一片充滿正義感的大海——平靜，卻蘊藏無窮無盡的力量。」

不燙的火球還可以假裝理解，但什麼充滿正義感的大海？

「好像有吧？」亂講的。

「不要運氣去抵抗它，讓它順著妳的筋脈走。」

「我沒有氣可以抵抗。」

「不，每個人都有氣，只是層次的分別。像我，應該就是超級厲害的。」乳八筒又開始活在一個人的世界：「喔，妳不要太介意，我超級厲害是因為很特別的家族淵源，其他人都跟妳一樣很普通，我並不是故意說妳遜。」

「嗯。」

女工讀生怎麼會喜歡這種囉哩叭唆的男生？

男人，就是要酷酷的，毫不廢話，才……

乳八筒注意到，小恩好像偷偷在哭。

「是我的內力太強了嗎？」乳八筒汗流浹背。

「嗯。」

「那我用少一點的內力好了。」

……然後，根本還是沒分別。

「我問你，為什麼你跟我講話的時候這麼囉唆，但是卻不跟晚班的女工讀生多講一、兩句話？是在裝什麼酷？」小恩看著正在飲料櫃與零食區間巡邏的黃金梅利，淡淡地說。

「……」

「到底為什麼？」

乳八筒將手掌緩緩放下，臉色變得很古怪，好像含著一顆超級酸的酸梅。

小恩轉身，調整了一下衣服。

「是她叫妳來問的嗎？」乳八筒的眼睛有點飄。

「不是，是我自己想知道。」小恩用堅定的眼神將他拉回。

「……我也不知道。不，也不能這麼說。」

乳八筒皺眉，又恢復了他一貫不講話會死的表情：「這件事如果要話說從頭，恐怕要很久的時間，如果妳想聽，我也不見得有那個心情說，況且我們也還不夠熟，至少，沒有熟到可以讓我講出那一件事。」

小恩瞪著他：「你剛剛灌內力給我，我覺得我們應該有一點熟了。」

乳八筒完全沒有一點堅持：「好吧，事情是這樣的……」

事情是這樣的。

扣掉其實完全不是重點的一萬字前塵往事，就只剩下精闢的二十七個字：

「乳八筒以前喜歡過四個女生，全都因為他實在太囉唆了於是失敗。」

小恩深深覺得，乳八筒是絕對不能當作家的人。

原本只要一棵樹犧牲就能解決的故事，結果會砍掉整座哭泣的森林。

「對了這位女孩，妳這麼漂亮，肯定談過戀愛吧？」乳八筒按摩著手腕。

「嗯，我談過一次很棒的戀愛。」

「那，女生在喜歡一個男生的時候，會釋放出什麼訊息呢？講出來參考一下。」他有點侷促。

她看著他。

「她會苦苦哀求另一個女生，請她無論如何都要幫她問出，那男孩有沒有喜歡的人。」小恩慢慢地說。每一個字都清清楚楚。

乳八筒愣愣聽著，越聽，越呆。

兩個人竟然無聲對峙了十幾秒，乳八筒的耳根子都紅了。

兩個等待結帳的客人奇妙地排在櫃台前，看著一頭亂髮、趴在櫃台睡覺的工讀生不知如何是好。也是奇異的對峙。

「那……一個男生在喜歡一個女生的時候，會……？」他支支吾吾。

「他會送她一支牙刷。」她想也沒想。

一支牙刷啊……乳八筒陷入無底洞的沉思。

「所以，你等於間接承認喜歡晚班的女工讀生囉？」她有點高興。

「我沒有這麼說。」

他突然很鎮定，如果完全忽略他快燒起來的耳朵的話。

「嗯。」

「嗯？嗯什麼啊？喂，妳……妳不要去亂講什麼喔。」

「別傻了。」

小恩拿走放在櫃台上的提神飲料，認真說：「無論如何，喜歡誰，不喜歡誰，那都是你自己應該講的話。」

轉身。

登。

乳八筒怔怔看著小恩踏出便利商店。

頭一次，他覺得這個從來就不知道叫什麼名字的女孩，背影很帥。

48

「今天的妝特別濃喔。」

「最近好幾天都睡不好，用眼影壓一下黑眼圈。」

長飛丸正在研究一隻掉在地上的肥蛾，鼻子嗅嗅，目不轉睛。

台階上，小恩翻著新一本綠色的工作備忘錄。

裡面詳細記錄了乳八筒胡亂鑽研太極拳的心得，以及女工讀生對未來的不確定感。還是一樣，這一男一女寫的內容都鉅細靡遺到了廢話連篇的地步。

「再過一個月，我就要畢業了。」女工讀生幽幽說道。

「恭喜妳。」小恩抬起頭。

「畢業有什麼好?畢業以後，我就要離開台北了。」

「反正，妳總不會一直在便利商店打工吧?台北又不是全世界。」

「無所謂啊，一直打工也沒什麼不好，轉正職薪水也會提高啊。」女工讀生看著被人群遺棄的、冷冷清清的大街，呆呆地說：「台北不是全世界，可是，卻有一張八筒賴在這裡啊。」

小恩看過工作備忘錄。

再過一個月，乳八筒也要畢業了。

他畢業以後會去報社當實習記者，當然也不可能再兼差便利商店的工作了。

而女工讀生還沒決定將來要做什麼，但家人要她先回台南老家再說。

「不管怎麼說，我想帶走長飛丸。」女工讀生慢慢說道。

長飛丸研究著那隻要死不死的肥蛾，眼皮漸漸沉了。

「牠一條狗誰也不認識，留下牠，不知道下一個顧店的人還會不會像我們這樣，對牠好，餵牠東西吃，又不大管牠。」

「那就帶走啊。」

「可是，就這樣帶走長飛丸對牠好像也不公平。」女工讀生縮著身子，打了個小呵欠：「牠本來就沒有主人，一條狗就這樣走來走去的，肚子餓了有人餵，過得很好。我想帶牠走，牠可不見得願意放棄這麼自在的流浪。」

小恩低下頭。

「沒有人喜歡流浪。」

「嗯？」

「有人疼，誰喜歡流浪。」小恩看著終於睡著了的長飛丸，平靜地說：「少一點自由，本來就是心甘情願。」

小恩在一個日本綜藝節目上看過一段奇人奇事的專訪。

一隻小文鳥受傷了，摔進一戶人家的陽台，被一對大叔大嬸細心治療。

等到小鳥痊癒後，牠就一直待在大叔的肩膀上，跳著，啄著。

偶爾飛起來隨意盤旋幾下又回到大叔肩上。

大叔在大街上走來走去，牠也跟著。

大叔洗澡，牠也跟著一起洗。

一人一鳥，好得不像話。

記得大叔是這麼說的。

「牠想待著就待著，想走，隨時都可以打開翅膀喔。」大叔溫柔地撫摸小鳥。

她很感動。

不知怎地，好感動好感動。

「還有一個問題。」

「嗯？」

「我一直不敢跟八筒提我想帶走長飛丸。」

「因為乳八筒自己也想帶走長飛丸嗎?」

「這我沒問,他也沒說。不過他幫牠取了黃金梅利這個名字,從來都沒有因為我叫牠長飛丸就改叫長飛丸,所以他一定也覺得自己對他的黃金梅利有一份責任……跟權利吧?我擅自決定帶走牠,八筒這麼重感情的人,一定會大受打擊的。」

「這我就不知道了。」小恩想了想,又說:「如果乳八筒把話講明,說他想帶走黃金梅利呢?那時妳怎麼辦?」

有點懊惱似的,女工讀生深呼吸。

「……我不想讓他帶走牠。」女工讀生像是下了決心。

「為什麼?妳覺得乳八筒不會好好養長飛丸還是黃金梅利嗎?」

「不是。」女工讀生不知在生誰的氣:「我也會想牠啊!」

女工讀生沒有開口說的是……好煩喔,都快離開這裡了,這段用沉默的千言萬語築成的曖昧情感,還沒有完成到愛情的強度。

還沒完成,然後就要分開了。

小恩將工作備忘錄還給女工讀生,笑笑:「我們來喝啤酒吧。」

「又要喝啤酒啦?」女工讀生有點驚訝。

「嗯啊。」

「嗯哼。」

女工讀生走進去，隨便拿了兩罐冰啤酒。

兩個人一打開啤酒罐，各自喝了一大口。

「還是好難喝喔。」小恩苦著臉。

「真的是超級難喝的。」女工讀生的眉毛都快打結了。

兩人面面相覷。

然後，同時將啤酒倒進腳邊的排水孔裡，哈哈大笑起來。

她從沒問過女工讀生的名字，連名牌都沒好好看過。

應該說，連想看一下的念頭也沒有過。

女工讀生也沒問過小恩的名字。

對女工讀生來說，她想說就說，她不想說，沒有名字也無所謂。

「我的老闆，死了。」

或許被某種氛圍感染，小恩突然說出來。

「死了？」女工讀生還沒會意過來。

「他在工作的時候出了意外，死了。」小恩看著地上。

「那妳……妳不要緊吧？」女工讀生說完立刻就後悔。

這種事，怎麼可能不要緊。

「這裡很痛。」小恩揪著自己的胸口。

總算是說出來了。

這個世界上，就算只有一個人聽到這句話也好。

女工讀生一直沒敢說話，只是悶悶地將鋁罐捏凹。

死這個字，距離她的世界太遠太遠。連安慰都不知道該怎麼做。

「對了，可以麻煩妳一件事嗎？」

「可以。」

「離開台北以後，要偶爾想起我喔……偶爾就可以了。」

「好。」

勾勾手。

長飛丸湊了過來，在兩人之間躺下。

小恩看著長飛丸的肚子，用手摸摸：「一個月是嗎？」

「什麼？」女工讀生看著地上模糊的影子。

「沒。」

手機響了。

如果一個月以後，自己居然還活著的話，就來應徵這份工作吧。

49

一台胡亂改裝的白色喜美，髒髒地出現在約定的百貨騎樓下。

從車子的狀況看來，這年頭黑道雖然依舊很景氣，卻也不是雞犬升天。

車子在開進汽車旅館前，小恩用甜到發膩的聲音開口。

「哥哥，我們去買一點酒好不好？」

「喝酒啊？小心喝醉了，我找我兄弟一起搞妳喔！哈哈！」

這個兩天前曾上過小恩的男客，綽號黃雞。

黃雞是黑道立委鄉鐺大仔那一掛的混混，而鄉鐺大仔根本就是鬼道盟的老輩分。鄉鐺大仔二十幾年前還蹲過綠島，蹲出一身病痛，跟黑到發金的身價。

藉著一連串大大小小的選舉漂白成功，從地方議員到立法委員，鄉鐺大仔一路掌握了好幾樁道路重修工程的標案，錢多，小弟多，女人多，鄉鐺大仔在江湖上越來越有份量。

鐵塊，應該就是在暗殺鄉鐺大仔時失了手。

車子停在便利商店前，小恩很快下車又很快上來。

一手台啤，還有一瓶廉價紅酒。

「喝這麼多？」黃雞看起來心情很好。

「人家用嘴餵你喝嘛。」小恩甜甜地說。

「用嘴餵的話，要餵對地方啊哈哈哈哈！」

「討厭！」

車子駛進一間陰陰暗暗的、有鬧鬼嫌疑的汽車旅館。

行經櫃台拿鑰匙時，小恩頭低低的，讓長髮蓋住半張臉。

她不怕死，但很怕痛。

但更怕不成功。

然而此時此刻，她的心裡沒有一點害怕的感覺。

她彷彿預知到了……最壞的情況，至少今晚絕不會發生。

進了房間後，事情發生得很快，也很簡單。

兩人先喝了點酒，然後上了床。

擦掉身上的髒穢後，小恩幫黃雞洗了個軟綿綿又香噴噴的熱水澡。

在血液循環的推波助瀾下，小恩趁黃雞不注意偷偷加在紅酒裡的安眠藥，運作得更劇烈，更快，更符合計畫。

就在黃雞的皮膚給燙紅了，他也只剩下一點點要醒不醒的意識。

又親又吻又哄的，好不容易小恩將赤裸裸的黃雞扶到床上，然後打開可愛的粉紅色大包包，拿出四副加長型鋼製手銬，將昏昏欲睡的黃雞大字形攤鎖了起來。

將房間的臨睡音樂放到最大，電視也轉到熱鬧不間斷的音樂台。

「起來。」

小恩平靜地說，從粉紅色提包裡拿出一個飾品包裝紙盒。

紙盒窸窸窣窣打開，是一把比尋常樣式還小一點的鐵鎚。

還有一把裁縫用的剪刀。

「……」黃雞迷迷糊糊的，居然還對小恩微笑。

這兩天急就章學會的犯罪知識，正好一鼓作氣用在這剛剛搞過自己的人身上。

技術不是問題，至於有沒有膽子真的這麼做的決心——小恩有很多。

「黃雞，從現在開始，不管我問你什麼話，你都要立刻回答我，知道嗎？」

「啊？」

小恩拿起鐵鎚，手還有點顫抖。

不過……

「叫你說是！」

小恩大叫，朝黃雞的臉正面狠狠鍾下。

幾乎沒有聽見什麼特殊的聲音，只見黃雞的雙眼立刻瞪大，大到幾乎快蹦出眶來。鼻子旁的臉骨立刻碎掉，左上排的牙齦毫不廢話腫了起來。

這一鍾嚇得小恩哭了出來，卻也治好了小恩的抖手。

黃雞整個都嚇醒了。

「幹！」

「閉嘴！」

又一鍾落下，落在一模一樣的位置。

「唔！」黃雞再度瞪大眼睛，三顆牙齒立刻斷掉，鼻子還稍微歪了。

用力過猛，鐵鎚從小恩的手摔落。

小恩將鐵鎚撿起，紅著眼對魂飛魄散的黃雞說：「繼續亂叫的話，我一定……」

但驚恐的黃雞一時之間根本安靜不下來，全身的力氣都在瘋狂掙扎，手銬弄得四個床腳喀喀喀響。

小恩心中也很緊張，但她可沒忘記如何讓一個男人完全失去抵抗的方法——

鐵鎚用下勾球的姿態，狠狠撈擊黃雞的生殖器！

咚。

那悲傷乾嚎的表情就不用形容了，黃雞的四肢更是怪異至極地扭動。

「你聽好了，從現在開始不准亂動也不准亂叫，知不知道！」

「是……是……」黃雞用很微弱的聲音低嚎：「妳要錢嗎？還是……還是……我跟妳說，妳最好不要動……動我、我的老大……」

說著說著眼角的酸淚往左右滑下，鼻血倒灌，黃雞像是給嗆到一樣咳嗽起來。

「我知道你的老大是誰，遲早會輪到他的。」小恩努力克制心中的驚惶，有點喘氣地說：「現在我問你，那個將你肋骨打斷的殺手現在在哪裡？」

「我跟妳說，現在把我放開還來得及，如果……」

小恩無名火起，用全身的憤怒，一錘敲在黃雞的右鎖骨上。

鎖骨沒斷，但黃雞卻痛得射出尿來。

絕對說到做到，沒有猶疑，沒有曖昧，省下恐嚇的精神立刻用行動讓對方痛苦，永遠看著對方的眼睛……這是小恩從一堆變態犯罪小說裡，自那些瘋子、軍官、神經病警察、魔鬼房客所表演的嚴刑拷打技術教學裡得到的啟示。

核心法門就是——讓受刑人每一秒鐘都極度恐懼，無法進行思考。

「如果你再不第一時間回答問題，下一次，我就一口氣把你這裡敲到斷掉。」

小恩用錘頭輕輕壓著剛剛受難的鎖骨。壓著，壓著。

「……好好好。」黃雞痛得快吐了。

現在是什麼狀況？以前做過的惡夢跟現在的恐懼完全無法相比！

「算了，那好累，下次再不答，我就直接剪掉你的手指。」

小恩拿出裁縫用的大剪刀，作勢剪掉黃雞的拇指。

「拜託不要！不要！」黃雞大駭，身子不住地掙扎抽動。

「你繼續亂動啊？」小恩變了個人似的。

黃雞立刻安靜地像條屍體，豆大的冷汗從腫起來的臉上滾滾滲出。

「告訴我，那個把你肋骨打斷的殺手，現在人在哪裡！」小恩屏住呼吸。

「他死了，被我們打死了。」

黃雞再怎麼笨也猜到了是怎麼回事，用最誠懇的、急迫的語氣強調：「不過我沒有份，真的，我被他一拳擦到後就痛到起不來了，之後就被送到我們大仔認識的醫院急救，那個殺手被打死的時候我根本就不在場！」

小恩的心跳，有那麼一、兩秒真真正正停了。

早有心理準備，卻還是難受得想立刻結束自己的性命。

在那之前……

「他的屍體呢？」

「我不知道……也沒聽說……不過很可能是被送到我們大仔有股權的殯儀館，那裡有座焚化爐。」黃雞想都沒想：「以前那裡就燒過不少人，處理起來很方便。」

小恩點點頭。

再也止不住眼淚。

「那個殺手很強。」

「對！很厲害！」

「那他怎麼會死在像你們這種混混手上！」

「不……不全是這樣，那個殺手不算是我們解決的……」

「全部都給我說清楚。」

「可不可以……不要殺我，求求妳我真的沒有殺他，連在旁邊看都沒有……」

小恩像是逮到浅恨的機會，拿起大剪刀用眨眼也追不上的速度朝黃雞的右手大拇指一剪，第一下沒有斷。第二下也沒有斷。

黃雞劇烈喘氣，臉色蒼白。

第三下總算斷了。

小恩將斷指放在黃雞的胸口，讓他徹底感受一下。

「好好回答，你還可以有機會把斷指接回去。」

小恩從粉紅色提包裡拿出一根針筒，用演練再三的冷酷語氣說：「我從書上看來的，只要把一截空氣打進你的動脈，空氣就會壓進你的心臟，只要一下下你就會死掉。」頓了頓，嚴厲地說：「如果沒有死掉的話，你也會因為腦部缺氧而中風，比死還難過。」

黃雞劇烈發抖，牙齒打顫。

「不過不要擔心，你一定會死，因為我會一直打空氣進去。一直一直。」

小恩將針筒逼近黃雞的眼睛，黃雞嚇得快暈過去。

「把那天發生的事，全部都說清楚！」

50

記得那天很冷。

我們跟在大仔旁邊喇賽，走到停車場等司機開車過來。

那裡是十三還是第十四層的停車場，很大，裡面有個賣場工程要開標。

反正就是那麼回事，我們總共有十幾個人，比平常多一些，因為二當家說聽到風聲，有人要對大仔不利，但不知道是誰。

大仔一直虧二當家，說他自己怕死別牽拖到他，但二當家什麼也沒說。

後來車子遠遠來了，突然有個人從樓梯口走出來，很高，眼睛不像人。

真的很莫名其妙，他就這樣衝過來，一開始我們有點傻眼，因為他什麼也沒有，就只是用拳頭直直揍過來。好像在開玩笑。

當時我有點想笑，但他真的很恐怖。

真的很恐怖。

妳認識他吧？

他是妳男人吧？那妳應該知道是怎麼回事啊！

一下子就有兩個人死了，其他人都被撞開。

然後我就倒在地上。好險我倒下去了。

順序記不得了，但馬上有人開槍，但沒有打中他，打到的是自己人，因為距離太近了。一下子又有人被打到肚子都破了，還有人整個脖子被打斷。

二當家一直抱著大仔躲到旁邊，朝車子大叫。

那個殺手抓起一個人丟向車子，車子想閃但來不及，前面玻璃都碎了。

這個時候，我躺在地上看到那個殺手好像在發呆。就是愣住了一下。

一個人總算趁著機會開槍打中殺手，好像是打中不太要緊的地方吧，他沒有一下子就倒下去，而是慢慢摔倒。

二當家叫大仔快點先上車走，然後走過來自己補了第二槍，這槍打中殺手的膝蓋。那個殺手連吭都沒吭一聲，我還以為他就這樣死掉了。

後來大家跟我說我才知道，原來那個時候殺手中了箭毒，就釘在他的脖子上。

這時有第二個殺手出現了，他長得更高，更瘦，穿得很髒，披頭散髮走過來。

原來第二個殺手是二當家雇來的，在暗地裡保護大仔用的備胎，叫什麼我忘了，印象中是一種動物的名字，吃肉的……反正我們事前都不知道，還有人拿槍對著他。後來二當家解釋，他不知道我們之間有沒有人是叛徒，所以最好的辦法就是誰也不說。

那第二個殺手是個變態。

他當場點了錢收，但還說他要把中槍的第一個殺手拖走吃掉。

我再痛也聽得很清楚，他說要吃掉是真的吃掉。

二當家當然拒絕啦，他說要按江湖規矩把第一個殺手帶走拷問，等問出來到底是誰雇他殺大仔的，到時候再叫第二個殺手來吃掉他也就是。

第二個殺手不肯，硬是說吃掉這個殺手也是當初交易的一部份，還說什麼他也有想要的東西得從第一個殺手那裡問出來。神經病。

我只想他們快點送我去醫院。

本來快吵起來了，但第一個殺手突然抓著一個人的腳衝了起來，朝著第二個殺手身上揍了一拳。我們都嚇了一大跳，幸好大仔已經走了。

兩個殺手很快就打成一團，一下子就往旁邊的樓梯轉角滾了下去。

接下來我就沒看到了，好像很快就結束。我真的很痛，覺得自己快要死掉了。

後來我聽那些人說，第一個殺手因為箭毒太猛終於暈倒，第二個殺手在那之前被揍得很慘，他們就留他待在那裡休息。二當家覺得他很有用，沒有趁便宜順手幹掉他，還跟他再三保證，在處決第一個殺手以後，一定會打手機叫他來吃。

我想起來了，他的名字叫豺狼。

我覺得妳要報仇的話應該找他，如果不是豺狼插手，妳的男人早就把我們通通打死，然後也把大仔給幹掉了。我們真的只是撿便宜的份。

不，我根本連撿便宜都稱不上，我完全就很倒楣。

後來，第一個殺手……妳的男人就被他們帶到海邊的空屋嚴刑逼問。

妳問我怎麼逼問……

我只是聽說，沒有親眼所見。

他們把他用鐵鍊綁在牆上，等到箭毒退了，然後然後就拿大鐵鎚，把釘子一根一根釘在他身上，逼他說是什麼人指使他殺大仔。

這是我們幫派處罰告密者用的釘刑，從沒有人被釘超過三根還不肯把事情交代清楚。很恐怖，真的很恐怖，即使不在現場光用聽的就很嚇人。據說那個殺手全身上下被釘了一百多根釘子進去，通通避開內臟硬敲在骨頭上，就算命保住了整個人也報廢了……對不起，我只是實話實說。

最後連敲釘子的那個人手都快沒力氣了，他還是什麼都不說，還一直哼歌。

對，真的，一直在哼歌，我沒騙妳。

後來二當家不耐煩了，叫他們把他的牙齒通通敲斷，他還是一直哼。

連眼睛都沒睜開過。

？

不，沒有，那隻豺狼一直沒來吃妳男人，二當家打了很多次電話都沒通。

後來情況整個讓人不耐煩，大家就解散，只留下兩個小弟守夜。

當晚留下來守夜的人說，從沒有看過那麼強壯的人，快天亮的時候他甚至想靠蠻力掙脫鐵鍊，真的很恐怖，好像還真的被他弄斷了一、兩條。

守夜的小弟很害怕，想乾脆開槍打死他，但那個殺手最後還是自己沒了氣。

沒在動了。

應該就這樣死掉了。

51

故事講完了。

小恩再多問了幾個名字後，洗了個澡，也離開了。

一邊走，一邊哭。

那首歌，一定是藍雨吧。

她從來沒有聽過鐵塊唱歌。

像他那麼硬邦邦的人，唱起歌來一定很彆扭。

好想看喔。

好想看喔。

原來鐵塊臨死前，一直一直想著的，都是我們在房間裡的樣子啊。

小恩哭得很醜，哭得很用力。

真的好想看鐵塊唱歌的樣子，然後從後面抱抱他，說不痛不痛喔……

「可是你死的時候好孤單喔……」小恩大哭。

這下子，就連幻想出來的一線希望也沒了。

都沒了。

鐵塊真的不在這個世界上了。

她好心疼，此時此刻她完全沒有想到自己。

她曾經想像過最可怕的事，莫過於死前孤孤單單的，身邊一個人也沒有。

鐵塊是不是真的能從哼歌裡感到不寂寞？

回到房間，小恩的耳朵緊緊貼著牆壁。

貼了整個晚上。

想像著鐵塊臨死的那一個夜晚。

那夜，原以為可以悼祭鐵塊的蟬堡，卻遲遲沒有送來。

52

比起鐵塊，黃雞那種死法真是太便宜了。

是的，汽車旅館留下了很多她的指紋，但她的指紋從來就沒有被建檔過。

監視器那方面也特別留心，拍到的應該都是一些無法辨識特徵的垂首快步。

憑她，她當然不覺得自己永遠能夠逍遙法外。

但在被逮到之前，她還有六個名字必須處理。

據說親手釘死鐵塊的混混，火山哥。

在場參與釘刑的兩個混混，阿敖，跟洨鱉。

聘雇豺狼、朝鐵塊膝蓋開槍的二當家，義雄。

暗算鐵塊的變態殺手，豺狼。

鐵塊沒能得手的遺願，瑯鐺大仔。

六個名字裡，最容易殺掉的當然是火山哥、阿敖，跟洨鱉。

豺狼恐怕是最不可能的。人在哪裡都不知道。

除非可以從聯繫豺狼的二當家義雄那裡逼問出來，那就還有一點渺茫的機會。

怕死的瑯鐺大仔身邊總是跟了好幾個保鏢，鐵塊既然也失手了，自己就更不必想。只是若可以從義雄那裡逼問出瑯鐺大仔的動態還是弱點什麼的，以她一個柔弱女子的身分要趁其不備，例如陪酒過陪宿，說不定，說不定真的有點機會。

所以關鍵自然是二當家義雄了。

小恩走到租用的郵政信箱面前，打開，那封信還在，三十萬也沒有人動過。

她將新寫好的信放在舊信下面，再將從黃雞兩張提款卡裡盜領出來的二十萬跟自己存的三十萬放在一起，用蘋果日報的舊報紙包起來。

雙手合十，向自己幻想出來的女神祈禱。

然後關上。

53

不喜歡喝酒，不，應該說是厭惡至極。

但小恩畢竟還是從過去半年密集陪酒的生活裡練出了好酒量。

她灌下半瓶威士忌，一瓶紅酒，臉便開始發熱，意識忽深忽淺。

「不能睡。」她深呼吸。

晚上九點半。

昏昏暗暗的光線下，循著黃雞的「口供」，小恩在永吉市場的地下停車場找到了黃雞口中的墨綠色舊 BMW 三系列，正好就停在一根漆上閃黃線的水泥柱旁。

她稍微抓亂頭髮，選了背對整個停車場的角度，靠著柱子坐下。

小恩在心中反覆演練即將上演的一切。

皮包裡有好幾顆紅白藥丸，用指甲輕輕將膠囊拔開，只要將粉末加在液體裡一瞬間就會化開，最多只要半小時就能讓對方睡到不省人事。

下藥——幾乎是小恩唯一可以替鐵塊復仇的唯一方法。

只是為了避免被懷疑，這次小恩的揹袋裡並沒有帶著兇器，只有鑲著花花綠綠水鑽、喬裝成情趣用品的手銬……這倒是非常冒險的一著，畢竟他的好兄弟黃雞在汽車旅館被注射空氣腦部缺氧致死的屍體，手腕上就有明顯掙扎的手銬傷痕。

「如果這一次再得手的話，其他兩個人就不來這一招了。」小恩默默發誓。

一個小時過去了，該死的那個人還沒來。

她很想起來上廁所。記得剛剛下來的樓梯轉角就有一間。

但這樣的話，萬一錯過了好時機可就不妙了。命運欺負她已不是一次兩次。

心念一動，小恩乾脆就用昏睡的姿勢，就地便溺下去。

這樣一來，一定更像醉倒在路邊的淫亂少女了吧。小恩一點也沒有感到不好意思，只是擔心那個男人今晚不來取車，或是，男人不是一個人的話，自己就等於白白在這坐了一個晚上。

至於那個男人會不會因為她尿了滿地，就打消佔她便宜的念頭？

不。

不可能的，比起就地便溺的迷醉少女，男人更賤。

十幾分鐘後，解除汽車防盜的啾啾聲響起。

男人輕快的皮鞋聲接近，小恩內心開始激動。

那是六個名字裡，最讓鐵塊直接受苦的……

果然，是一個人。

「春夏秋冬，一天過一天，對妳的思念……」

男人哼著不成調的歌走到車旁，這才發現柱子邊倒了一個酩酊大醉的女孩。

看年紀，最多不過二十出頭吧，還刻意濃妝豔抹的，一定不是什麼正經女人。

男人聞到一股臊味，忍不住皺起愉快的眉頭。

他媽的，這個女的居然在我車子旁邊撒尿？

這下子不帶回去好好教訓一下怎麼划得來！

男人蹲下來，仔細端詳這女的……

長得挺標緻，嘖嘖，不，比標緻再好一點，還挺有姿色的。

最重要是年輕，年輕的女孩緊實多了。

胸部？

男人伸手捧了捧，嗯，不是挺大，但只騎她一個晚上，沒必要計較這麼多吧。

騎完後，再拍張照，最後把這個醉醺醺的女人丟到隨便一個騎樓下，便宜那些饑渴的遊民也就是了。

打開後車門，男人將渾身酒氣的女人抱了起來。

「我還要喝……我還要喝……」女人迷迷糊糊的。

「好好好！大哥帶妳再去喝一杯啊！」男人笑得可燦爛。

關上車門，旋轉鑰匙，發動。

邪惡的微笑。

下體發腫的男人不知道，自己已駛進了鬼門關。

54

床上。

火山哥只剩下一口虛弱的氣，用來回憶不算長的人生。

兩個小時前，在火山哥與她在床上翻雲覆雨後，便換小恩在他家翻箱倒櫃。

好死不死，終於在工具箱裡找到了很多可以拿來整人致死的好道具。

包括一把電動釘槍。

小恩坐在浴缸裡，將身上亂七八糟的血污清洗乾淨。

直到現在還是感到不可思議。

人有很多面，有很多可能性。居然也包括了自己。

一個小時前的對話，好像是場濫用血漿的恐怖電影。

首先是膝蓋。

然後是手肘。

骨頭裡被硬生生鑽進鋼釘，那種極酸的痛苦讓藥效消失得無影無蹤。

「不關我的事，真的！真的不關我的事！」火山哥臉色煞白。

「不關你的事？那，是誰把釘子一根根敲在鐵塊身上？」小恩淡淡地說。

唧——高速的金屬旋轉聲。任誰聽了都會屁滾尿流。

小恩拿著電動釘槍，一邊輕率地朝火山哥右手食指與中指間的縫鑽釘子進去。

啾！喀搭！

一邊，慢條斯理地問問題。

鬼道盟實力堅強，與金牌老大帶領的黑湖幫、冷面佛麾下的情義門、軍系大老幕後操縱的洪門，號稱江湖四大黑幫。

台灣黑社會生態，大抵可以從這四大幫派的合作與鬥爭中解剖出大概。

鬼道盟的歷史長久，僅次從大陸那一脈相承過來的洪門，各種勢力盤根錯節，眾堂主各據山頭，並沒有像金牌老大或冷面佛那樣，單一個人強勢領導整個幫會。

誰也不讓誰，沒大沒小的，讓鬼道盟的武力最雜也最強。

瑯鐺大仔頂著立委身分，在鬼道盟裡混得很好，可望問鼎兩個月後的盟內即將選舉出來的第十七代盟主。盟主雖只是個精神象徵，也很容易成為警方掃黑的箭靶——但在江湖上，沒有什麼比面子還重要的了。

「到底是誰想暗殺瑯鐺大仔？」小恩有點累。

「饒了我吧，我真的不知道……像我這種小人物怎麼會知道誰買了殺手要做掉我們老大？」火山哥一想到自己再也別想走路的膝蓋，就忍不住哭了出來。

「不知道，就用猜的。」

「猜的？」

「黃雞就是連猜都不肯猜，所以才會死得那麼慘。」小恩冷冷地說：「如果你好好給我猜，說不定我會考慮一下，讓你活著幫我傳話。」

「……」

用猜的話，黑名單可多著。

同樣參與盟主選舉的還有超神經質的白吊子、專門包庇職業綁匪的薛哥、手下有兩間大酒店的肥佬張、搞毒品生意的凌少。

他們當然有最直接的理由幹掉呼聲最高的瑯鐺大仔。

如果說是關係更緊繃的仇人，大概就是跟瑯鐺大仔在圍標工程時彼此搞爛對方的另一個黑道立委王鬍子。對了，這樣數就不只了，還有八位黑道立委都蠻不爽瑯鐺大仔劫過他們的工程標，少賺了好幾億。

但以上那些嫌疑人到底有沒有不爽到要冒險宰了黑白兩道通吃的瑯鐺大仔，就不得而知了。畢竟若沒辦法真的殺掉瑯鐺大仔，卻漏了底細，可以想見瑯鐺大仔的手段。

「……這麼說起來，鐵塊真的是最好的殺手。」小恩喃喃自語。

別說鐵塊只認郵政信箱裡的牛皮紙袋裡的資料跟錢，根本就不知道委託人是誰。就算鐵塊知道指使他的人是何方神聖，他那麼硬氣，也絕對不可能透露半個字。

跟這個只被釘了七針，就痛到什麼都說出來的火山哥完全兩樣。

表面上，如果可以找到向鐵塊下單殺死瑯鐺大仔的背後黑手，就有可能找到更多替鐵塊報仇的資源。但小恩可不是這麼想。

可能的話，她想連委託鐵塊的人也一起殺掉。

要不是他下了這張單，鐵塊也不會死。

千萬別小看女人的恨。

「我猜了我猜了……一定要饒我一命，要我傳什麼話給我大仔都可以……」

火山哥劇烈喘氣，從傷口不斷冒出的鮮血不是很多，卻夠了。

夠讓他瀕臨崩潰了。

「鐵塊的屍體呢？」小恩很緊張。

「跟以前的做法一樣，被送到福德殯儀館燒了，燒了之後我就不知道了……」

「葬了嗎？」這不是小恩要的答案。

「我不知道……我不知道……」逼近眼珠子的釘槍，火山哥連眼睛都嚇出冷汗。

「猜！快猜！」小恩快發瘋了。

「我猜！我猜是被河水沖走了！因為大仔很怕被鬼跟，所以常常把那些骨灰沖到河裡，說要沖他個魂飛魄散！」火山哥第三度失禁，完全來不及編謊。

小恩尖叫，釘槍用力壓著火山哥的心口。用力壓著，壓著！

火山哥全身緊繃，深怕一閉上眼睛就會在瞬間死去。

一分鐘後，小恩好不容易冷靜下來，火山哥的心跳還在激烈猛跳。

「……阿赦跟洨鱉哪一個比較好殺？」小恩將電動釘槍壓向火山哥的生殖器。

「洨鱉！洨鱉最好色了！他一定會……會跟我一樣！」火山哥大急。

洨鱉會叫洨鱉，一定不是什麼正經男人。

除了幫忙收帳，洨鱉交了好幾個傻傻的女朋友，為了討好他通通都在出賣肉體幫他賺錢。如果有反悔的，洨鱉就會用毒品控制，讓女人徹底變成性交的工具。

賺到了錢，全部都被洨鱉拿去孝敬幫裡的大哥，算是一種地位上的投資。

「簡直就是垃圾。」小恩扣下釘槍扳機，將釘子壓射進火山哥的大腿骨。

火山哥沒有慘叫，而是全身緊繃弓起，快要痙攣的扭曲表情。

因為他記得這個瘋女人說過的話。若是大叫的話，她一緊張，就會毫不猶豫朝他的喉嚨釘上一槍，保證他再也叫不出來。

許久，許久，下一個倒楣鬼洨鱉的出沒習慣、平日廝混的地點都被問個一乾二淨後，火山哥止不住的酸淚：「姊姊……可以饒了我吧？可以吧？我都那麼配合……求求……」

小恩將電動釘槍壓在火山哥的額頭上。

火山哥劇烈喘息，好像胸口裡有顆超級定時炸彈。

「鐵塊有沒有開口半個字？」她漠然。

「沒……沒有！他是個真正的男子漢！我真的很崇拜他！真的！」

「他求過你們之中任何一個人嗎？」

「一點也沒有！像他那種男人是絕對不會屈服的！跟我這種爛咖不一樣！」

她點點頭。

但是。

「鐵塊絕對不會說半個字的原因，除了他是真正的男人以外，還有一個原因……那就是……」小恩用冷酷到連手都顫抖不已的聲音，說道：「說出來會死，不說也會死！求什麼也不會有用！」

喀搭！

喀搭！

喀搭！

喀搭！

喀搭！

一瞬間，火山哥的下顎被快速釘了五槍……釘到沒有本事慘叫後，全身上下一共又被釘了二十八槍。每一槍都打在四肢上，避開了柔軟的內臟。

痛苦得以如烈火繼續蔓延。

隔天，據警方發給媒體的新聞稿中得知，這個涉嫌暴力討債的黑道份子足足在床上煎熬了至少半小時才嚥氣。死前受盡種種非人的痛楚。

浴缸裡殘留著兇手的血手印、一大堆指紋、毛髮、垃圾桶裡衛生紙沾黏的體液，一切全跟兩天前在汽車旅館內發生的虐殺命案留下的證據一模一樣。

但兇手，仍是個謎。

55

抱著剪貼簿。

小恩坐在床上，看著房門，已經好幾個小時。

沒有蟑堡嗎？

不是殺了人，就可以領到蟑堡嗎？

怎麼門縫底下一點影子也沒有？

「鐵塊，你看到了嗎？」

沒有煙硝味。

小恩呆呆地貼著牆壁，失神地說：「我在說什麼啊……你一定看到了，對，你一定在旁邊保護著我，不然我怎麼可能辦到那種事……好貼心喔，要是我一個人做的話，一定什麼也做不好的……」

沒有煙硝味。

「雖然你沒有一下子就死掉，但是……你一定不怎麼痛，對不對？因為你就是那樣啊，什麼都難不倒你的，好厲害喔！那些壞人一定都嚇呆了，一定！」

沒有煙硝味。

「……對不起。」

沒有煙硝味。

「對不起你被水沖走了，可是靈魂沒有那麼容易就不見的，對不對？」

沒有煙硝味。

「對不起小恩好笨，太晚才發現你已經死掉了……還到處去賣，不懂得珍惜自己……你說要養我的，我卻還是跑去賣了，還變得比以前還要爛……你一定很不開心對不對？」

沒有煙硝味。

「對不起小恩真的好笨，你說了會養我，就不會無緣無故丟下我，我還在那裡……懷疑你不好……真的好笨，笨死了……」

沒有煙硝味。

「電視上都說，人死了以後，第七天會回家看看，你也有回來對不對？那天晚上我在做什麼呢？你有沒有摸摸我的頭，說我乖？那天我有沒有剛好在看蟬堡？對了，我等一下就唸一次以前的蟬堡給你聽喔！」

沒有煙硝味。

「鐵塊。」

她的臉埋在膝蓋裡，身體晃著，晃著：「你有一點點高興嗎？小恩很努力了喔。小恩用了所有的力氣在幫你報仇了喔！拼了命呢！」

還是沒有。

煙硝味。

56

兇案現場不時閃起相機的蒐證聲。

慘不忍睹是所有在場警察想到的第一個成語。

第二個成語是怵目驚心。

「誰第一個發現的？」川哥彎腰，檢視死者開始發黑的屍體。

「死者的姊姊，她說連續兩天打了電話都沒接。」丞閔的聲音被口罩蒙得有點含糊：「她早就約好要跟死者拿欠款，乾脆自己找來了。」

川哥順著丞閔的手指，看見死者姊姊站在封鎖線外不住啜泣。

嗯。

真想過去揉揉她的肩膀。川哥嘆氣。

「川哥。」

「知道了。」

川哥將視線壓回慘死的屍體。

全身上下沒有真正致命的一處傷口。

但零零碎碎、穿肉沒骨的傷口加起來……

「被神經病盯上，就會死得拖拖拉拉的啊。」川哥皺眉。好臭。

兇器再明顯不過，是扔在地上的電動釘槍。

屍體的手腕上有手銬摩擦破皮的刻痕，腳上還纏著拆下來被當作綁繩用的被單跟衣服。

手銬不在現場。

「對兇手來說，可能手銬還會繼續使用，但電動釘槍卻不會——電動釘槍應該是死者自己所有的吧？」川哥喃喃。

「對，這個工具箱是死者的。」

心照不宣，眼前所見的屍體，跟前幾天慘死在蘋果日報頭版的那具屍體，一定大有關係。同樣都是被這樣動彈不得地銬著，然後被慢條斯理地宰掉。

「藥物反應呢？」

「報告還沒出來。」

「這個死者叫張曜華，也是鬼道盟的。」

川哥不意外：「他跟誰？」

「跟義雄。更上頭的老大是瑯鐺大仔。」

「嗯。」川哥近距離細看死者的臉：「他們幫裡的人知道了嗎？」

至少有五枚鋼釘鑽進死者的臉骨、下顎、上下排齒槽。

全都圍著嘴巴亂釘一通。嘖嘖嘖，真的是太恐怖。

「不知道的話也快了吧？這裡總有幾個警察專給琊鎗大仔通風報信的。」

「嗯。」

川哥順著穩定的血腳印走到浴室。

浴室裡留下很多血手印，明顯是女人的大小。

跟汽車旅館的慘案如出一轍。

「指紋比對，初步認為是同一個兇手。」丞閔聽著無線電對講機裡的最新回報，說：「只是指紋資料庫裡沒有建檔，根本不知道是誰幹的。」

「等到有嫌疑犯的時候就用得上了。」

川哥看著浴室，想像著女兇手犯案後在這裡清洗血污的畫面。

只有報仇，才會幹得這麼絕吧？

據說鬼道盟裡有個著名的酷刑，叫釘刑，跟這個被「處死」的死者狀態有點相像。不過鬼道盟的釘刑講究展現行刑者的男子氣概，用的不是電動釘槍，而是傳統的榔頭跟釘子。行刑者不顧被刑者的苦苦哀求，用榔頭將釘子硬是敲進對方的骨頭裡，如果能敲足十釘，就會被幫內視為正港的男子漢。只有正港的男子漢，才有資格協助幫裡管理賺錢的事業。

釘刑……看起來不是，但也不能說絕對沒有關係。

下手的是女人，會不會她沒有足夠的力氣敲釘子，所以才用電動釘槍？

如果是，那她為什麼要用釘刑？是想回敬死者？還是想對鬼道盟說什麼？

還是說，電動釘槍是死者的，所以拿來用也只是巧合？不，用電動釘槍在太陽穴釘兩槍也可以殺死對方，為什麼要花那麼多力氣把人家釘成蜂窩？

一定有關係。

果然還是復仇。

「川哥，鬼道盟的盟主選舉好像快要舉行了吧？」

「嗯。」

「那，要不要查查看這件命案跟選舉有沒有關係？」

「沒事做的話，去查一下也好啊。」川哥隨便說說。

「川哥，川哥，會不會是鬼道盟裡自己幹的呢？處死叛徒那種？」

「……」

當差的沒有人不知道，鬼道盟養了一間很大的殯儀館，除了賺死人錢外，偶爾也替幫裡燒幾個人。如果這具屍體是鬼道盟自己榮譽出品的，絕不會傻傻擺在這裡等警察驗收。

丞閔有種天將降大任於斯人矣的感覺，握拳：「說不定，這兩個命案只是暴風雨前的追魂曲，背後的勢力已經蠢蠢欲動，或許，這會是鬼道盟史上最慘烈自相殘殺的開始！」

「那真的很嚴重喔。」川哥拉開褐斑點點的浴簾。

死者的皮包被扔在浴缸裡，各式各樣的卡片黏在缸底，就是沒有提款卡。

一定是跟上次一樣，存款被盜領出來。

若調出提款機的監視器畫面，一定又是戴著帽子什麼也看不清楚的女孩。

「對了，死者的手機呢？」

川哥突然想到，在汽車旅館那案子裡，死者黃雞的手機也被兇手拿走了。

「不知道，沒看見耶。」丞閔皺眉說：「難道川哥你懷疑是……鬼來電殺人！」

「……」川哥沒有幹丞閔。

連一個白眼也沒給。

一個菜鳥看了這種番茄醬亂撒不用錢的場面，還可以說得出冷笑話，意味這份鳥工作他可以幹得很久。

這樣，也不錯。

「川哥，我覺得兇手……會把殺人搞得那麼複雜，動機一定不只是報仇。」丞閔若有所思：「說不定，她有可能是想逼問死者一些祕密，例如……例如鬼道盟有份流傳已久的神祕藏寶圖之類的，會不會……」

丞閔邊說邊走出一片狼藉的浴室。

不知何時川哥正站在封鎖線外，摟著火山哥哭到不行的姊姊，細心安慰著。

「我就這麼一個弟弟，他走了……他這樣死掉，我要怎麼跟家裡的人說……」那頗有姿色的女人哭得肝腸寸斷，隨時都會暈倒似的。

「哭吧，什麼也別想，就哭吧！」川哥用力拍著她的背。拍拍，拍拍。

丞閔一向很羨慕川哥的好興致，不，應該說是悲天憫人的性能力。

摸摸鼻子，丞閔看著地上的電動釘槍。

57

第三次到動物園。

幾隻銀背猩猩正值發情期，公然在數百名遊客面前上演群雄爭霸。

小恩吃著甜筒，並強迫鐵塊也吃一口。

「鐵塊，你跟猩猩打的話，誰會贏啊？」

「沒打過。」

「我知道你沒打過啊，所以我是問問看嘛！就好奇啊……」

「……」

「那假如你跟猩猩打的話，喏，就那一隻坐在中間最大的那隻，看起來很不爽的那隻，要是你們現在打起來的話，誰會贏啊？」

鐵塊皺著眉頭，想了想。

「應該是我。」

「哇！好厲害喔！」小恩尖叫起來。

「……」鐵塊沒有得色，反而有點狐疑小恩在高興什麼。

不久，兩人來到熱帶叢林館。

一條巨大的蟒蛇盤纏在枯葉上，黑斑爬梭的鱗片底下藏著粗壯又發達的肌肉。

「那假如你跟蟒蛇打起來呢？誰會贏啊？」小恩嘖嘖。

「不知道。」

「哎喲，我就說是假設了啊。」

「也許是我。」

「那牠如果先把你捲起來了呢？還是你會贏嗎？」

「嗯。」

「真的好酷喔！連被蟒蛇纏住都可以大逆轉耶！」

小恩興奮地抱住鐵塊，弄得鐵塊整個很僵硬。

最後是非洲野生動物區。

鐵塊一手拿著礦泉水，一手牽著小恩，卻任由她拖著不知道在走什麼的他。

獅群群聚，在黃昏的暮色中顯得特別慵懶，只有尾巴聊賴地揮趕蒼蠅。

一隻正在假寐的雄獅被頑皮的小獅子給吵醒，不悅地仰天咆哮。

「那你跟獅子打起來呢？」小恩隨口問：「就剛剛叫的那隻。」

「我會贏。」

小恩瞪大眼睛，鐵塊自己好像沒什麼感覺。

「真的？跟獅子？」小恩呼吸加速。

「我打過。」鐵塊喝水。

你該聽聽，當時小恩的尖叫聲。

58

小恩準備了一把刀。

韓國黑幫電影《朋友》裡，曾介紹如何用刀殺人。

戲中，黑社會老大極力推薦新進小弟最好上手的殺人兇器，是生魚片刀。

生魚片刀鋼質強度夠，不容易斷折。

前端尖口鋒利異常，一般人光是拿著，就想趕緊放下。

除了記憶中的黑幫電影，小恩惡補的犯罪資料裡，也有很多關於刀的行兇。

直劈，是一般人用刀的直覺。

但你不是行家，直劈很難劈斷敵人的骨頭，也很傷刀。刀子傷了不打緊，如果刀子卡在敵人的骨肉裡一時拔不出來，敵人又不只一個，你就倒大楣。

所以刀要橫砍，才能砍斷一大片肌肉，一口氣破壞縱向連結的神經組織，如果對方僥倖沒死，送了醫院也是終生半殘。橫砍，也才能將動脈整個割破，讓敵人來不及送醫就因失血過多而死。

然而比起劈，比起砍，真正要人命的殺法，是刺。

只要是身體柔軟的地方，刀刺進去，攪破內臟，都可能致命。

心臟當然是常識裡最明顯的致命處，但胸前肋骨會擋住刀，很可能不是刺不進去，就是把刀折斷掉。

將尖刀刺進腹部，與肋骨下方這兩處，都是直達監獄特快車的好車票。

但不管是劈砍，或刺，只是要用刀子殺人，失敗的機率太高了。

要暗殺，當然是從敵人的背後慢慢接近，再突如其來幹他一刀。

可惜從人的背後突然砍下一刀，通常都不會致死，若有厚一點的衣服緩衝，纖維拉扯，更不容易砍出大量失血的傷口深度。

當然，多砍幾刀總會死的。

問題是，小恩這種手無縛雞之力的女孩，對付把打架火併當喝水的黑社會份子，只有出其不意那麼一刀的機會。

尤其是在鬼道盟接連死了兩個成員後，所有跟黃雞與火山哥相熟的人都會對看起來有敵意的人留上一份心。

要接近，要給上這麼一刀，談何容易？何況是他媽的好幾刀。

但刀畢竟是小恩唯一找得到的兇器。

有了宰殺黃雞跟火山哥的經驗，對於用刀殺人，小恩還是很害怕。

不用藥，快速的、一刀致命這種事，小恩打從心裡覺得自己一定做不好。

「我一定會失手的。」小恩呆呆看著被割了好幾刀的樹幹。

手抖個不停。

比起暴起殺人，喬裝愛上洨鱉、慢慢從當他的女人、為他賣淫賺錢開始，再尋求下藥殺死洨鱉這麼安全卻漫長的過程，後者成功率高太多了。

但小恩想也不想。

她快到極限了。

報仇這種事她已無法從長計議，她隨時都會崩潰。

一刀就要解決了對方。

不然……

「殺不中，就閉著眼睛見鐵塊吧！」

59

過度的思念，在小恩的臉上鑿出一圈又一圈的黑眼圈。

這次動手前，小恩寫了一封新的信，又去了郵局一趟。

郵政信箱裡的兩封信還在，打開舊報紙，先前的五十萬元也在。

小恩將新的信放在兩封舊信上面，然後將從火山哥的提款卡裡盜領出來的八萬元放在原封不動的五十萬元裡面，現在一共是五十八萬元。

妥善地用新的報紙包好。

關上，雙掌合十。

依舊向幻想出來的女神祈禱。

「最少，還得再殺兩個人。」

60

夜店「未爆彈NO.99」如醉去的那一萬個夜，煙霧繚繞。
一噸重的電子音樂砸得連地板都隱隱跳動，頭皮發麻。
霓虹雷射拼命在眾人隨意晃動的舞步間製造出速度的假象。
五顏六色的調酒在刁著香菸的指尖上迅速傳遞，菸臭，荷爾蒙瀰漫的味道。
今晚是淑女之夜，穿比基尼進場的女人可以免費獲得三杯烈到發騷的調酒。
是，進場的女人是比平常多了一倍，男人看得上眼的女人卻沒有增加。
總是這樣的。
「操他媽的，你看了火山哥的屍體沒？」
「看了，神經病幹的嘛！」
「我被叫去幫忙的時候，一整天都沒吃東西！」
「看他死成那個樣子，靠，我第一眼還以為是開玩笑！」
幾個穿著叮叮噹噹的二十幾歲男子橫七豎八地坐在長沙發上抬槓，菸灰缸裡擠滿了黃白色的菸屍，眼神不住飄來飄去。全是鬼道盟的混混。

一個人時什麼也不敢做，非得一堆人聚在一起才敢囂張——這就是所謂的黑道。

在這樣的黑道世界裡想出人頭地，最普遍可見幾種做法。

幫大哥揹黑鍋蹲苦牢、在槍林彈雨時幫大哥擋子彈、衝進敵對幫派的陣營裡大殺一票，但這三種都太麻煩了，不符合大家進黑幫的初衷。

所以也有幾種簡便的方法提供給成不了事的癟三，例如定期定額孝敬大哥、將自己的女人捐給大哥使用幾天、幫大哥賣點害人害己的小東西……之類的，不傷身體、卻傷荷包就對了。

洨鱉跟他的狐群狗黨就是這一類的黑道。

嫌暴力討債太花力氣，乾脆靠縱容易控制的女人賺錢，就連別的黑道也看不起他，但又那怎樣？他們的老大才不會嫌他們的錢髒。除了提供女人給幹，他們晚上常窩在這種夜店，隨機兜售讓人神志不清卻爽得要命的藥丸。

當然了，也順便物色物色下一個可以幫他們賺錢的女人。

「現在想起來還是渾身不舒服，你看，寒毛都豎起來了！」一個昨天剛在手臂上刺青的小混混皺眉，掀起衣袖展示他的雞皮疙瘩。

「總之二當家叫我們最近小心點，有個殺手在針對我們，下一個不知道要輪到誰……」在光溜溜後腦勺上刺了「殺無赦」三個字的矮小混混，抽著快燒到嘴唇的菸。

「條子那邊好像也沒什麼頭緒。」一個大刺刺在桌上切粉的白爛嘀咕著。

「頭緒個屌，靠條子逮人，還不如我們自己來……哎喲！」光頭混混手中的菸終於燙到了嘴，忿忿地將菸直接踩在腳底下。

「聽說是個女的，幹，最好就是個女的，要是讓我們給逮到了，大家先幹她一輪再說，幹完了就再幹，幹完了就關起來多幹起天，幹到穴都爛掉後就把她全身都給拆了，賣給器官販子……再賺她一次錢。」洨鱉頂著一頭金黃色的台客染，隨口就說出惡毒的語言。

他不懷好意的眼睛一直在夜店裡鑽來鑽去。

「還是洨鱉哥英明啊！」七、八個小混混異口同聲讚嘆。

這就不是拍馬屁了，洨鱉的確能把女人壓榨出每一分利用價值。

有幾個姿色不錯的女孩雜在人群中在舞池中搖頭跳舞，但大多數旁邊都有幾隻蒼蠅在顧。唯獨那個女的……那個戴著綠色假髮、舞步有點顛顛晃晃的，嗯，明顯喝多得太多。

漂亮的女人，洨鱉不頂有興趣。

喝醉的漂亮女人，洨鱉，不，所有的男人就都很有興趣了。

「洨鱉哥，那女的……」一個色胚手下摸著腫脹的下體。

「他媽的還要你來提醒嗎？」洨鱉嘿嘿嘿，嘴角大幅上揚。

光洨鱉親眼看到的，那瘋女孩今天晚上就喝了七瓶可樂娜，還亂乾了兩杯別人請的調酒。大概是剛失戀了吧？一副欠人幹的賤樣。

「洨鰲哥，要不要去請她過來喝一杯？」光頭手下摸著燙傷的嘴唇。

「他媽的還要我提醒你嗎？」洨鰲哈哈大笑。

就在此時，綠髮女孩一個踉蹌，幾乎要摔在跳舞的人群之中。

幾乎，那就是沒有。

好幾個虎視眈眈的男人像是在搶頭香一樣，爭著將綠髮女孩扶起。兩個假嘻哈垮褲男子攙扶著好像隨時都會吐出來的她，慢慢走近位於走廊深處的廁所。

「靠。」洨鰲呸。

想也知道接下來會發生什麼事。

十分鐘後，那兩個垮褲男子從走廊出來，一副無精打采的樣子。

就像默契十足的換手，立刻又有三個走路擺擺盪盪的、看似大學生模樣的大男孩晃向走廊盡頭的廁所。途中故意有說有笑，但眼神可不是這麼回事。

幾分鐘後他們若無其事回到舞池，其中一個的拉鍊還忘了拉。

「靠咧，才慢一步，就變成大鍋炒啦？」洨鰲啐。

「那還炒不炒啊？」剛刺青的小弟晃著手中酒瓶。

「這種便宜不去佔，會有報應的！」洨鰲拍拍褲襠。

洨鰲正想多觀察一下狀況，立刻看到幾個高大的黑人虎視眈眈地看向廁所。

……排在那些黑人後面的話，靠，那不就鬆得要命！

「還不走！」洨鱉霍然站起，大家吆喝著起來。

舞池裡擁擠的色胚立刻讓出一道空隙，不管再怎麼性衝動，誰也不敢不讓這些擺明了就是黑道的混混先幹。

幾個混混守在走廊外瞎抬槓，恭請洨鱉一個人先進去開砲。

事實上，洨鱉有點不爽。

這種大鍋炒通常都是自己第一個上，怎麼今天晚上會輪到第五……還是第六名咧？操他媽的真的很度爛。這間夜店可是鬼道盟在罩的，如果等一下幹完後還看到那幾個爽完的混蛋，一定要狠狠踹幾腳洩恨。

打開男生廁所門，綠髮女孩就癱坐在馬桶上，兩腳打開，內褲被褪至膝蓋。

幾個爽過的保險套隨意扔在馬桶裡，但沒看錯的話，一股白濁液體從綠髮女孩的兩腿間慢慢流下，像唾沫一樣涎滴在地板上。

「幹是怎樣？這種來路不明的女人不知道有沒有病，也敢這樣硬上！」

洨鱉很傻眼，現在的年輕人終究是年輕人，衛生習慣都得重新教育。

但這種畫面讓洨鱉一下子就硬了。

很硬。

他解開了皮帶，將褲子隨便亂折放在衛生紙台上，拿了枚保險套戴上。

綠髮女孩昏昏沉沉地半睜開眼。

「……」她呆呆看著眼前這個高舉自己雙腳的男人。

洨鱉先是一愣，隨即明白這個躺在馬桶上被大鍋炒的漂亮女孩只是迴光返照，不知道是嗑了什麼爛藥把自己搞得這麼爛。

爛，就是活該。

「喜歡嗎？爸爸搞妳！」洨鱉很賤地笑，下體忽地挺進。

綠髮女孩像個尚保有溫度的屍體，任憑洨鱉胡亂往自己體內衝刺，一點抵抗也沒有。她下垂搖晃的雙手，自然而然往馬桶後方摸索。

洨鱉的身體緊緊貼著女孩，讓硬到快炸掉的老二自動帶領他的抽插。

不久，當洨鱉幹得兩眼發紅，全身僵硬的瞬間……

醉到任人輪姦的綠髮女孩終於撕開黏在馬桶後的膠帶。

61

未免太久了。

下面原本腫得快衝破褲子，現在又扁了下去。

幾個剛跟洨鱉不久的混混連站都懶得站，全都蹲在地上抽菸。

重度音爆的舞池裡，殷殷盼盼的幾個色胚也等得很不耐煩，不住往這裡張望。

「老大怎麼搞那麼久？」光頭混混抱怨。

「一定是愛面子啦，就算幹完了也會在裡面抽根菸再出來啊。」一個混混反覆欣賞著自己剛剛在手臂上刺好的老虎圖騰，菸都快抽完了。

「你死定了，我要跟老大說！」

「靠……」

幾個混混打打鬧鬧的，這中間還攔了幾個真的想去紓解一下的客人。

直到都快過一個小時了，不知是誰先大起膽子走向廁所，所有人都跟了。

「老大穿褲子啦，我們要進來啦！」光頭混混在廁所外大聲嚷嚷。

沒有回應。

大家面面相覷，依稀嗅到一股不尋常的氣氛。

慢吞吞一走進去，立刻就看見唯一打開門的廁間……

一個光著屁股的男人跪在馬桶前，雙手下垂，頭臉浸在馬桶裡。

腰際給刺得血肉模糊，黑黑濁濁的血滾了一地。

兇器沒有被帶走，就這麼留在男人的肚子上。

「……那女的？」

什麼那女的？連個鬼影都沒看到。

只有地上一頂綠色假髮。

一個被打破的氣窗，吹進隔牆外巷子的風。

62

第五次到木柵動物園。

天氣好熱，兩隻老虎意興闌珊地趴在地上，一動也不動，像是假的。

小恩勾著鐵塊的手，朝賣飲料的園區舖子走去。

「想不想喝可樂？」

「不想。」

「那，可不可以跟我一起喝可樂？」

「可以。」

兩人坐在樹蔭下的長椅，一起喝著重量杯可樂。

小恩的腳踢著鐵塊的影子。

「鐵塊啊，我發現你講話很酷。」

「……」

「很酷，是很有男子氣概啦，但偶爾不那麼酷的話，也很可愛喔。」

「……」

「你注意到我們兩個人講話有什麼不一樣嗎？」

「沒。」

「對，你看，你又很酷了。」

「我話少。」

「不是啦，是你的話到最後，都沒有翹起來。」

「？」

「就是啊，你不會說啊、啦、呢、喔、咧、耶……這些會翹起來的字你都不說，所以有一種很嚴肅的感覺。沒啦，我不是在說你不好，只是如果你跟我說話的方法跟和別人說話的方法都一樣的話，那……那我會有點傷心。」

「那怎麼辦？」

「要不要你試試看，從現在開始，你講話都在後面加上啊，就啊，好不好！」

小恩有點興奮地抓著鐵塊的手。

鐵塊勉為其難地點點頭。

「鐵塊，可樂會不會太冰了？」小恩睜大眼睛，歪著頭。

「不會……啊。」鐵塊僵硬地說。

「那，今天晚上我們去吃吉野家好不好？」

「也好……啊。」鐵塊的表情，比被開了一槍還難受。

小恩樂不可支，哈哈大笑。

打開門，聽見藍雨落下的聲音。

她有一點高興。

63

小恩將關於自己的新聞都剪了下來，在鐵塊那本剪貼簿後面接著貼。

媒體給了她很多聳動的標題，也幫她找了很多動機。合理的，不合理的。

「瘋狂女子形單影隻，決戰鬼道盟二十萬人眾」這是蘋果下的標。

最扯，卻意外最貼近事實。

殷殷盼盼的蟬堡始終沒有送達，她有點失望。但也還好。

自己畢竟沒有鐵塊那麼特別。

話說，像她這麼一個爛爛的平凡女孩怎麼會暴起殺人？

動手的時候她沒有時間困惑，事後卻感到害怕。

如果尖刀刺出的時候正巧被發現了，那男人應該會抓住她的手吧？

要不是碰巧男人正達射精的酥麻瞬間，就算中了第一刀，也會立刻抽身而起、將刀奪下反過來把她刺死吧？

如果那男人前呼後擁的，一群人擠在廁所裡嘻嘻哈哈輪暴她而不是單一個人上，那又該怎麼辦？自己真的有勇氣在那種不預期的狀況下，依舊抄起預先藏好的刀子刺進去嗎？

將時間往回倒，假如那色膽包天的男人昨晚臨時接到重要的電話離開夜店，自己不就白白被一堆壞男人給欺負了？想一想，這好像才是最不值得的事。

對，什麼也沒做，等於忘了鐵塊，這才是最可怕的部份。

渾身都是冷汗。

「鐵塊，我一點也沒有忘記，你別怕。」小恩看著反覆洗乾淨的手。

昨晚真的是不可思議。

不像平常那樣拖拖拉拉，昨晚刺進那一刀的瞬間，那股真實、柔軟的殺人觸覺，身上每一吋毛細孔都感覺得到。

應該說，所有的意識都在那一剎那達到最敏銳，敏銳到，連那男人內臟被刺破的痛苦都從刀尖同步傳送到她的身體裡，過了十四個小時，還殘留在她的發抖裡。

只是殺了人後，她睡得很好，這讓她很失望。

如果那三個慘死的惡棍能化作厲鬼來找她，要復仇什麼的，該有多好……

如此，也意味著失去身體的鐵塊，也會踩著剛強的腳步從地獄回到人世吧？

「鬼打鬼，他們一定打不過你的！」

一邊寫著第四封信，一邊笑了出來。

64

下個目標應該是一個叫阿敖的混混。

據黃雞跟火山哥的說辭，阿敖也是個好色之徒，平常不很受幫裡的重視，所以也沒分到什麼好處。

阿敖在加入鬼道盟之前是個慣竊，進過幾次監獄，但都關不久。組織養阿敖這種廢物，還給他免費的海洛因打，為的是有一天出了事推阿敖出去頂罪。

比起當時只是負責在刑場守夜的阿敖，那個朝鐵塊的膝蓋開了一槍的二當家義雄，小恩才是真的想殺。

現在有一個絕佳的可能。

要殺那個以冷血、狡猾著稱的二當家義雄，說不定就只有這個機會。

打開鐵塊專屬的郵政信箱，裡面什麼也沒少，就跟以前一樣。

有點失望，但也有點慶幸自己並沒有依賴那些東西，冒險殺人果然是對的。

小恩放進了第四封手寫信，卻從五十八萬裡抽出一萬元。

「對不起，最近都沒收入。」小恩歉然：「先預支一下喔。」

然後，小恩將鞋盒，那滿滿裝了好多好多蟬堡回憶的鞋盒，放了進去。

鎖上信箱，輕輕在上面一吻。

65

上了亮彩唇蜜，戴上假睫毛，畫了個鮮豔的煙燻妝，挑染了髮。

選了件最性感的衣服。

小恩搭計程車來到林森北路的「佳人有約」。

那裡是鬼道盟旗下最高檔的情色酒店之一，最近重新裝潢已進入最後階段，兩個禮拜以後就要重新營業，誠徵公關小姐的廣告打得明目張膽。

不管世道如何不景氣，好的酒店小姐永遠供不應求，因為壞的男人永遠有錢。

小恩到的時候，已經有六個跟她差不多大小的女孩在經紀人的陪同下來應徵，其中兩個她曾在傳播公司裡見過，但沒說過幾句話，大家都忙著應付客人。有一個明顯是蹺課過來，還刻意不脫下可愛的高中制服引起注意。

坐在沙發上，依稀聞得到油漆的新味。

不知是誰起的頭，女孩們抽起菸，開始聊了起來。

「聽說這裡抽得很兇，幹部管得也很嚴呢。」

「不過來這裡的客人都不敢欺負小姐，因為這間酒店的後台很硬。」

「那我們等於是交了保護費嘛。」

「有沒有辦法不做外場啊？」

「不做S的話，錢會存得很慢喔，反正我們就挑不那麼噁的出去就好啦。」

「對了這裡可以常常請假嗎？我好怕我男友會發現，我還得隨傳隨到呢……」

「妳男友叫妳來上班的啊？」

「哪可能，他知道了不氣死才怪，他很疼我的。只是他的開銷很大，不偷偷來這裡上班的話，根本沒辦法討他開心呢。」

真笨。

像那種靠女人賺錢揮霍的男人，怎麼會不知道自己的女友在酒店上班？錢又不會平白無故生出來。只能說，寂寞的女人，真的全身上下都是弱點。

小恩沒有答腔，只是自己一個人坐在旁邊，靜靜地聽。

像這樣的機會萬中選一。

黃雞說，二當家義雄不好女色，也不特別眷戀權勢，整個人唯一的興趣似乎就是對鄧鐺大仔忠心耿耿，故此，鄧鐺大仔對他也百分之百信賴。

二當家義雄手底下有兩百多個直屬小弟，每個小弟都要混飯吃才有辦法掙錢貢給他，於是鬼道盟重要的骯髒事業他都插足其中。只要瑯鐺大仔有錢賺的地方，他就有油水可撈。

這間幫鬼道盟大賺錢的酒店要重新開幕，可是幫裡的大事。

一間酒店要成功，沒有別的理由了——裡面的小姐一定要又正又會玩！

記得火山哥一邊吐血一邊說，到時候二當家義雄一定會親自面試每一個小姐。而所謂的面試，就是用測試小姐到底放得開放不開為理由，把小姐單獨叫進房間，為所欲為一番後再決定。

當然了，義雄不可能跟每一個面試的女孩做愛，但不做愛，也可以有很多關於性的要求。好的酒店小姐未必得滿足客人每一個需求，但這可是主管的面試，叫妳幹什麼，妳就得識相。

「我以前在美麗豪情上班的時候，管理幹部好像跟客人是站同邊的，都不管我們小姐的死活，跑檯被客人催的時候還會被罵，真的很賤！」

「那這裡真的會比較好嗎？需要簽約嗎？」

「妳男人是在做什麼的啊？怎麼花錢花很大？」

「就一般公務員啊，但是他喜歡改車，改車要花很多錢耶！不過他也常帶我去很高檔的地方吃飯啊，對我真的很好，也不會嫌我學歷低。」

「喂喂喂，妳看我這裡，是不是有點皺皺的？有啊！我發現很久了，妳們覺得是打針好還是雷射好？」

「我男人花錢花很兇，不過都沒什麼花在我身上，反正只要他多陪陪我就好啦。不要讓我每次打電話都找不到人……」

陸陸續續，又有十幾個小姐來報到，個個打扮亮麗入時，有的一看就知道是從別的酒店跳槽過來，畢竟新開幕的酒店。

大家七嘴八舌打發時間，小恩還是靜靜地坐著。

今天很可能會死。

她的皮包裡有一把鋼質良好的小剪刀。

前天她特地帶去傳統的磨刀店裡，將刀尖、鋒口磨得異常銳利，雖然是短短的一把，只要瞄準脖子上的動脈一插，割斷血管還是氣管的，還是可以送掉一條命。

只是插了這麼一刀後，要怎麼脫身？

不，根本就不可能。

只求能有時間反手給自己一刀，或是衝出窗子跳下去，一了百了。

真希望自己有那個勇氣。

「今天就只有大家了嗎？」一個穿著西裝、五官白淨的男人看著手錶。

大家妳看我，我看妳。

「那麼，大家請這邊來……」五官白淨的男人笑笑，請大家跟著。

女孩們跟在男人背後，高跟鞋的喀喀聲凌亂地踩在還鋪了層施工灰粉的地板，竊竊私語的，嘻嘻笑笑的。小恩深呼吸，在記憶裡複習那男人的臉。

走過旁邊都鑲滿鏡子的穿廊，進入全酒店最大、最豪華的**VIP**包廂。

一個梳著油頭的男人坐在包廂裡，尋常的坐姿，後面沒有站著一排橫眉冷目的小弟，只有一張深黑色幾無反光的大沙發。

那男人用不冷不熱的眼神將眾女孩看了一遍。

他的視線停留在每個女孩身上的時間都一樣，分毫不差，卻讓每個女孩……即使是最老練的酒店小姐，全都不由自主避開了他的眼睛。

這個男人在火山哥跟黃雞的手機相簿裡看過。

是，沒錯，他就是鬼道盟瑯鐺大仔的最佳副手，義雄。

一個，讓人不寒而慄的男人。

66

「全部脫光。」

義雄開口。

那男人話中有股難以抵抗的霸力，不管現場還站著其他小弟，幾乎同一時間，在場二十一個女孩全都將身上的衣服解了下來。

一下子，幾個妙齡女子赤裸裸站在包廂裡，像是一場獅子的肉食秀。

冷氣很強，每個女孩都站得很不自在。

「妳出來。」義雄看著最左邊的女孩。

女孩有點發抖地向前一步。

「叫什麼？」義雄的眼睛低沉，看著女孩們的腿。

「張佳露。」

「做幾年了？」

「兩年多……」

「之前在哪裡上過班？」

「在大地春風酒店。」

「那裡是情義門看的場，妳跳槽來這裡，不怕嗎？」

「我想……這裡應該可以……幫我解決……」

義雄沒有反應，眼睛瞥向一個看起來年紀最輕的女孩。

「妳叫什麼？」

「陳茵如。」

「高中念哪？」

「沒有念完。」

「用左腳跳三下。」

女孩沒有多想，立刻踮起左腳，僵硬地跳了三下。

義雄的眼睛看著女孩旁的女孩。

「打她兩個耳光。」

女孩愣了一下，旁邊的女孩也不知所以然地呆著。

義雄的眼皮似是跳了一下，女孩立刻閃電般摔了隔壁女孩一記熱辣耳光。

氣氛詭譎，沒有一個女孩有多餘的心神做真正的思考。

「會不會唱歌？」義雄看著微微喘氣的女孩。

「……一點點。」

「唱幾句。」

女孩唱了幾句，全部都是抖音。

「有沒有男朋友？」

「有……」

「男朋友做什麼的？」

「還是學生。」

「妳今天來，是想殺我嗎？」

這個突兀至極的問題，讓所有在場的女孩都愣住了。

彷彿連冷氣孔都結露的低溫，又驟降了好幾度。

「啊？不……沒有。」女孩回答得很慌亂。

在剛剛那一瞬間，只有一個人的腳趾忽然往裡揪了起來。

義雄的眼睛早就不在那女孩身上，而是輕描淡寫瞥在小恩臉上。

小恩腦子一片空白。

「叫什麼？」

「茉莉。」

「本名？」

「李……李映彤。」

「之前在哪裡工作？」

「在天哥的公司當過傳播妹，還沒做滿半年。」

小恩想移開與義雄的四目相接，卻一點也辦不到。

「怎麼不當傳播妹要來酒店？」

「想……收入更固定一些。」

「要妳做什麼都可以嗎？」

「不……不知道。」

義雄的眼神忽然變得很冰冷。

「妳今天，是來殺我的嗎？」

「不是！」

小恩突然有點激動，全身繃成了一張弓。

久久，義雄不發一語，現場也沒有一點聲音。

「一個人在一群人面前一絲不掛的時候，最不會說謊。」

義雄的瞳孔像是兩個深邃的黑洞，在那裡面，好像什麼都不存在。

小恩第一次，對自己出現在這裡感到後悔。

「丟她。」

義雄說完，立刻有四個幫派小弟從黑暗裡走出，抓住小恩的雙手雙腳。

小恩驚恐不已，拼命想掙扎卻一點用處也沒有。

四個沒有表情的男人在半空中乾搖了她兩下，便猛力將她拋摔向左邊的牆上。

！

她重重撞在牆上。

激烈的衝撞力摔得她連尖叫都走音，內臟好像一口氣挨了好幾拳。

然後又重重落下。

她側躺不起，頭髮蓋住了半張臉，骨盆好像受傷了。

只有一個強烈到想哭出來的感覺：痛。

好痛。

「繼續。」

於是四個男人再度撿起了驚慌失措的小恩，搖了搖，繼續將她往牆上丟。

！

不正常的撞擊聲，摔得小恩頭都快裂了。

不等義雄開口，四個男人自動走上前，將摔得鼻青臉腫的小恩拉起，牢牢抓住四肢，像丟沙包一樣將她摔牆。

！

！

！

！

小恩被摔了好幾次，害怕的情緒越來越混亂，尖叫聲越來越失去力氣。

越來越痛，越來越痛……

讓人不寒而慄的是，沒有一個女孩敢尖叫、逃走，或甚至連發抖都很含蓄。

「繼續丟，丟到她想講話為止。」

沒有人知道義雄的眼睛在看哪裡，因為沒有人敢看向他。

於是小恩又被丟了十七次。

丟到，全身都軟了。

水泥牆上、地上，有好幾處不知道從哪裡鑽出來的紅漬。

「……好痛喔……好痛……真的好痛喔……」小恩沒有力氣縮起身子，指尖發顫。

數不清的痛苦像鑽子一樣刺進她的身體，好幾處都骨折了，斷裂了。

皮開肉綻的，每一處都在痛，都想獨立逃離。

剛剛一直抓著她丟來摔去的四個壯漢，手也痠了，汗也出了。

「這個女人妳們以後不會再看到了。」

義雄掃視每個女孩的眼睛，將她們牢牢壓在視線之下。

「妳們全部都被錄取，兩個禮拜以後準時上班。」

這算是好消息嗎？

「走。沒把握忘記這件事的人，可以繼續留在這裡。」

話一說完，每個女孩都像大夢初醒般抓起地上的衣服，來不及穿就逃出房間。

走得乾乾淨淨。

67

義雄冷冽殘酷的第六感，讓他全身上下散發出比平常更尖銳的氣息。

那氣息不是殺氣。

他不需要。

從警方那裡得來的資料全都說明同一件事，有一個年輕女孩在殺他的人。

在警方眼中所不知道的共同點就是，那些被凌虐致死的人全是當天對暗殺老大的那個殺手處刑時，在場，或有份的人。

義雄有點滿意。

他的手下死得好，他們用恐怖的死亡告訴了義雄，那女人一點也不足懼。

只要給她一點機會，她就會像飛蛾撲火，迫不及待過來尋死。

「妳為那個殺手報仇？」義雄微微向前。

「……」她很痛，真的很痛。

「丟她。」義雄微微向後。

四個幫派小弟踏出一步，身子就要彎下。

小恩大哭，著急地說：「對！我在幫他報仇……不要丟我……」

但四個幫派小弟見義雄沒有反應，只好又將她撈起，大風車般往牆上掄去。

奇怪的巨大聲響，小恩完全沒有做出防禦姿勢的力氣，就這麼黏著牆跌下。

一直直接受到撞擊的左手已經整個變形，鼻子斷了，血腥味讓她呼吸困難。

左邊的膝蓋完全沒有感覺了。

「黃雞、火山、洨鱉都是妳殺的吧。」義雄冷眼睥睨。

「對……」小恩含糊地說。

真的不應該來的。

真的好痛喔鐵塊，小恩真的好痛好痛喔……

連指甲也在痛，真的，鐵塊，你快點帶我走好不好，這裡比死還要可怕……

「還有沒有別人？」

「沒有……」

「今天本來打算用什麼方法殺我？」

「……剪刀。」

義雄看著地上的皮包。

他沒有叫人打開，但想必一定只是把磨利了的剪刀吧。

真的是太蠢了。

用這種方式，應該沒想過要活著離開吧？所以……

「今天，妳是一定要我死了？」義雄淡淡地說。

「我要報仇……他對我很好……」小恩牙齒斷了好幾顆。

「如果我放妳走，妳還會回來殺我嗎？」義雄看著她。

小恩彷彿看到一線生機。

儘管她心知肚明，今天是一定要死在這裡的。

只是，她真的好痛，好痛好痛，她撐不下去了。

手還可以恢復嗎？骨頭好像快穿出來了……不敢看。

做到這種地步，受了這麼多痛，鐵塊在旁邊看了一定會理解的吧？

就算被騙，也想……

「求求你……放我走……放我走……我以後……以後再也不敢了……」

小恩哭著，無盡的委屈與恐懼都湧上了心頭。

有那麼一瞬間，她覺得自己再也見不到鐵塊了。

義雄站起來，整理一下儀容。

沙發殘留的凹痕慢慢回填後，義雄隨口：「想不想玩她？」

四個幫派小弟你看我，我看你。

大家進了幫派是想搞點錢，再怎麼變態也有個限度，但誰也不敢答腔。

「不玩的話，就把她帶去那裡。」

義雄離開房間時，丟下一句：「每個人都得丟一下。」便真的走了。

每個人都得丟一下？

小恩呆呆地任四個幫派混混將她四肢抓住，像提屍體一樣將她提出了房。進了電梯，出了電梯。

小恩被扔進了早就準備好了的六人座的廂型車，後座還鋪了層讓人很不舒服的透明塑膠墊子。車發動，不知要往哪裡去，問了也沒人說。

車上的氣氛實在稱不上愉快，不像要放她走。

顛顛簸簸的路上，她想睡一下，可是全身都太痛了無法闔眼。

血一直流，頭很昏，但骨折才真的讓小恩痛到沒停止過呻吟。

「我會死對不對……」小恩一直重複，聲音越來越低。

沒有人理。

「可不可以偷偷放我下去……我保證不會出現了……」小恩慢慢地哭。

沒有人理。

過了很久，廂型車才在一間廢棄空屋前停下。

那裡，聽得見海。

車門打開，四個男人合力將越來越重的小恩連同塑膠墊子抬出。

四個人看起來都心事重重的，跟許久前唯命是從的冷酷模樣完全不一樣。

小恩被一鼓作氣抬到廢棄空屋的二樓。

她茫茫然，在這個聞得到死亡的地方，竟有種讓人心安的感覺。

為什麼？

為什麼會突然心安了起來呢？

四個幫派小弟突然討論起她無法理解的事。

「真的要這樣丟嗎？」

「又沒人看到，隨便處理一下就好了。」

「幹，二當家叫我們丟就丟，還想什麼？越想就越不敢。」

「說真的我還真的有點不敢，我沒想過要幹這種事。」

「二當家讓我們做，就是要讓我們升了，還不懂嗎？」

「這有點過火了。」

「其他人只是跑跑腿，賣點粉，二當家讓我們幹拋刑，是給我們機會。」

「也對，不敢幹，要是讓二當家知道了……」

但小恩已經沒有力氣去關心。

她很痛，很痛，但更委屈。

這份委屈只有一個人在意。

然後，她在恍惚之間失去了重量。

一下子就來到了地面。

剛剛好像聽見了什麼，就在很近很近的地方啊。

側著左臉趴在地上，好像有黏黏的東西一直從她的耳朵跟鼻子裡一直跑出來……

好嗆喔。

！

突然，小恩全身都劇烈痛了起來，好像什麼都不對勁了。

完全沒辦法思考，這種瘋狂的疼痛是怎麼回事！

吐了一大口血，胃快速收縮著，想吐出更多東西。

眼睛快睜不開了，但還是可以感覺到自己被抬了起來，搖搖晃晃往上面去。

是樓梯。

是剛剛的樓梯嗎？

「等一下換你了。」

「不，換我！先換我！」

「每個人都要丟一次，急什麼？」
「一起丟，算兩次吧？」
「二當家要是知道了……」
「廢話不要這麼多，一個人都一次，一下子就結束了。」

小恩這才發現自己被抱了起來，眼角微微睜開。
自己正靠著空盪盪的窗。
大概是二樓的高度吧？剛剛就是從這裡被丟下去的嗎？
不算太高，剛剛好死不了、也活不下去的高度。
有點聲音。
好像是海。
風吹來的時候，有點……
「小姐，對不起，這是妳的命，別怨我們。」
「囉唆什麼？快啦！」

再度失去重量。

躺在地上時，好像有一股微弱的電流在身體裡扯來揪去，小恩的手指一直抽搐跳動著，呼吸也變得抽抽斷斷。

眼睛睜著，沒辦法靠自己的力量閉起來。

「還有氣。」

「當然還有氣，還不快點。」

於是又上去。

然後又下來。

下來後再上去。

一眨眼忽溜溜下來。

最後一次高高落下時，雖然只有一瞬間，但她確實感覺到了飛行。
短暫的飛行裡，聽見了樓梯響。

鑰匙的喀喀聲。
有點潮溼。
一根繩子。
牆的後面好像有什麼，一直想穿走過來。
是一首歌。
有點想不起來，但歌還是一直唱一直唱……

一陣巨大的撞擊聲結束了她的飛行。

貼著地。

不曉得現在是什麼姿勢。

但已經沒有差別，痛苦也就只剩最後一點點時間。

只是最擔心的事終於發生了。

不是死。

而是死的時候，身邊，沒有人。

小恩沒有哭了。

她不想帶著眼淚到下一世。

躺了很久。

沒有人再丟她。大概是想等她確確實實死掉後再處理吧。

她現在的樣子一定很醜。痛一陣不痛一陣的，大概是某種預兆。

好寂寞。

好寂寞喔。

盡力了喔。

不可以罵我喔……雖然最後還是偷偷求饒了，但已經很勇敢了。

對不對？

小恩有點累了。

嗆嗆的感覺。

什麼東西燒焦了嗎？

遠處好像有人在走動。

那氣味越來越近，人影越晃越清晰。

小恩的鼻子酸了。

那人輕輕蹲了下來，摸摸她的頭。

她沒辦法動，但確實聞到了來自指尖上那股灼熱的煙硝味。

鐵塊，你來了。

你還記得喔，真好。

真的是有一點高興。

「辛苦妳了……呢。」那人的聲音有點彆扭。

小恩的眼淚流進了嘴角的微笑。

「你說……呢！」小恩用破裂的嘴唇拼出了這句話。

真的是，好開心喔。

「我帶妳走，好不好……啊？」

「好啊！」

海的這頭。

海的那頭。

一朵花。

終於靠了岸。

68

桌上放了兩張新的履歷表，用飲料壓著。
下滲的水珠在A4紙上慢慢暈開。
姓名欄上分別寫著：陳可誠，楊超甯。

終於要走了。
明天，就是最後一天上班的日子。
昨天在藍色的工作備忘錄上寫下：「想了很久，我可以帶走長飛丸嗎？」
今天打開，裡面回覆：「對不起，黃金梅利也是我的好夥伴。」

她看著牠。
結果還是場無解嗎？
那條不守本分的流浪狗，趴在門口階梯上，看著馬路上偶爾飛馳而過的夜車。

牠兩個名字都喜歡，被叫什麼也無所謂。

只不過要牠從此以後只能被叫一個名字，牠恐怕會有點落寞。

深夜無人，她逕自拿起壓在應徵履歷表上的啤酒罐，走到門口，坐下。

罐子上冰冷的水珠從她的指縫中滲出，滴在地上。

「那個漂亮的女孩，一次也沒有來過了呢。」

有點懷念那段一起拿著空啤酒罐，坐在階梯上嘻嘻哈哈的日子哩。

打開拉環，喝了一口。

好苦。

帶著微笑將啤酒倒進腳下的排水孔，唏哩呼嚕，唏哩呼嚕。

然後捧著空掉的啤酒罐，按照約定，想了一下她。

有點踉蹌的排氣管聲噗噗噗接近，一輛方向燈壞掉的摩托車緩緩停下。

男孩還戴著安全帽就下車，看樣子不像是要搶超商。

女工讀生看著他。

這個他，這個不知道是無敵囉唆還是超級悶鍋的乳八筒，今天晚上肯定是要來跟她搶狗來著。

不管，等一下一定不能輸給他。

「嗯。」乳八筒走到她面前。

「嗯？」她注意到，他的手裡拿著一把牙刷。

長飛丸加黃金梅利抬起頭來，目不轉睛地看著這突兀的畫面。

牙刷？

她的心突然跳得很快。

「那個。」

「嗯？」

「潮與虎早就下檔了。」

「嗯。」

「黃金梅利號也被魯夫燒掉了。」

「嗯。」

「乾脆我們一起叫牠，太陽獅子號，好不好？」

「好……好啊。」

怎麼突然變得這麼囉唆啊，心跳得好快好快。

等等，為什麼要一起叫？

「還有，那個，有一個還算有一點可愛的女生，就妳也認識的那個。」

「所以？」

「好久以前她給我一份問卷，叫我幫她填，可是……那是一張關於化妝品的問卷，我又不懂，所以只好答應她，如果我將來有女朋友的話，一定會請她幫我把它填好，然後再交給她。」乳八筒的聲音有點急促。

他突然忘了怎麼在說話時好好呼吸，竟越說越喘。

「嗯。」女工讀生啞口無言。

今天的八筒，多話得好反常。

「妳知道，我們鄉下人最講義氣，也最講信用了。」

乳八筒拿出口袋裡這張折了又折、皺得要命、隨身攜帶數個月的問卷。

「那……妳可以幫我把它填好嗎？」

「……好啊。」

女工讀生接過慘遭凌虐的問卷。

久久，大概三秒。

三秒，足夠讓麥可喬丹投進六次逆轉球了。

「這算是告白嗎？」她很努力才吐出這一句話。

「不算。」乳八筒艱辛地舉起手中的牙刷，全身緊繃：「加上這個才算。」

「幹嘛……送我牙刷？」女工讀生耳根發燙。

「我想了很久，實在不知道為什麼，不過，據說這是一個男生很喜歡一個女生的時候，一定會送的禮物。」乳八筒手有點抖，遞出牙刷：「應該有它的道理。」

「那……好啊。」女工讀生接過，感到異常的莫名其妙。

但身體好熱好熱，有一種快要哭出來的衝動。

「那就是在一起了嗎？」乳八筒吃力地靠近一步。

「也可以……嗯。」女工讀生努力不後退。

兩個人都很勇敢地看著對方。

在這個距離裡，足夠發生很多很多，好幾年後還是難以忘記的回憶了。

至於趴在地上的那個牠，不管過去是叫長飛丸，還是叫黃金梅利……

應該不必再擔心以後要被叫什麼的問題了。

於是牠有點酣酣地閉上眼睛。

男孩抱住女孩。

一陣淡淡的風兒吹過，狗兒忽地回頭。

登。

無人經過的電動門打開。

好像是，甜甜的祝福似的……

〔幕後訪談〕我們無法，時時刻刻堅強

問：刀老大，先向讀者們打聲招呼！

答：大家好，大家左乳，我乃九把刀是也。

問：這次還是先從書名訪談起吧，請問「流離尋岸」是一句什麼樣的成語？為什麼翻遍成語辭典還是找不到？

答：流離尋岸不是一句成語，而是出自夏曉鵑老師寫的《流離尋岸》一書，原本說的是外籍新娘嫁到台灣所面臨的困境之相關研究與田野訪談紀錄。

問：像你這種人怎麼會看那麼高級的書？

答：幹。像我這種人讀研究所時九死一生擔任人類學的助教，負責替那些不讀書的大學生導讀這本書，所以留下很深刻的印象。

我覺得流離尋岸這四個字有一股淒涼的美感，很符合這次故事所蘊藏的意境，就借引了過來，把原先構想的書名給丟到一邊。

問：原來還有這麼一層關係。那原先你構想的書名是？

答：殺手，硬邦邦的鐵塊。

問：呃……

答：幹嘛那個表情？

問：（低頭筆記）很多讀者都在問，為什麼這次的殺手故事，用的是小恩——一個援交妹的觀點為主，而不是殺手鐵塊呢？

答：因為鐵塊是一個惜字如金、身分神祕的殺手，用鐵塊當第一人稱是最不恰當的寫法，會大量流失他這個角色的神祕性。

如果將第三人稱觀點放在以鐵塊為主的寫法上，故事會動得比較悶，因為他的世界線條太單調，很快就會僵化整個故事。

如果是小恩，她的角色描寫應該是我嘗試過最飽滿、最完整的一次，以她為主角再適合也不過。不過這個故事也不是第一人稱，只是鏡頭最常跟拍小恩罷了。

問：嗯嗯，我們理解小恩當主角所傳達出的感動，但為什麼明明就是殺手的故事，不多寫一些鐵塊的部份呢？畢竟殺手才是殺手系列的靈魂不是嗎？

答：寫殺手的故事——卻不寫殺手，這是我整個殺手系列的精神。

尤其鐵塊這個角色我很喜歡，但太著墨他，很有可能一不小心就過度，他就是這麼奇妙的一個角色……我想讀者也感受到了。

問：請問鐵塊真的跟獅子打過嗎？

答：鐵塊不大像會說謊的樣子。

問：在書裡，描寫鐵塊殺人的橋段並不多？

答：鐵塊殺人當然很重要，但小恩與鐵塊的相處我覺得更有意思。坦白說，一直寫鐵塊殺人還不簡單，殺來殺去也是我的強項啊！然而故事的精髓並不在於拿錢宰人的殺手人生揭密，咳，「流、離、尋、岸」記得嗎？這是一個缺乏與這個世界所有事物連結的女孩，在追尋、依戀一個喜歡自己的男人的過程中，也很努力、拼命、用盡一切方法喜歡自己的故事。

問：努力喜歡自己？

答：是的，我覺得一個人最大的寂寞，就是無法喜歡自己。自己跟自己疏離，對自己陌生，對自己所選擇的人生無法給予正面評斷，我覺得很悲傷。即使只是遠遠凝視另一個陌生人的寂寞，還是很讓人無法承受。

問：你曾在演講中說過，希望在創作中能帶給讀者繼續生存下去的勇氣，那麼這次的故事充滿了暴力與色情，如何給予讀者繼續生存下去的勇氣？

答：在黑暗中探索燭光，在寒冷中尋找溫暖。我想，小恩已經說了很多。

問：這次以援交妹當作主角，是否有特別的意涵？或做了特殊的採訪工作嗎？

答：我覺得很奇妙的一點是，當我們在報紙上或電影裡看到援交妹這樣的角色，常常會給予不對稱的同情。也就是說，如果我們的周遭就有一個以身體賺錢的女孩子，人們常投以鄙視的眼神，覺得她很賤。我覺得很荒謬。

當這樣的女孩以一個故事的姿態存在，我們同情她，甚至愛她。

但當這樣的女孩以一個「活生生的人」的模樣與我們擦肩而過，你卻皺起了眉頭，也許還會說上一句：「什麼鬼啊？怎麼會把自己搞得那麼糟？」

問：呃……

答：簡單說，就是我們透過與另一個人的疏離去「喜歡她」，卻又鄙視迫身逼近的真實。非常矛盾，也很殘酷。

或多或少，我希望藉著這次的故事打開大家的心眼，讓大家在凝視身邊某些不幸的人的眼神裡，多點溫柔，多點包容。知道你正在看的，是一個人——而這個人的背後，是有故事的。她也許養了隻狗，也許有幾個朋友，喜歡麥香紅茶，喝咖啡會一直加糖⋯、

問：你是否想傳達，只要努力就可以掙脫出賣身體的命運？

答：才不是這麼膚淺的答案。

我們都太習慣用「鼓勵」人的語氣跟另一個狀態不佳的人相處，但對方往往不是那麼需要鼓勵，例如鼓勵她好好讀書就可以出頭天、或鼓勵她只要有心隨時都可以脫胎換骨之類的……是很正面啦，但往往是一種扭曲的同情。

我們習慣了在陽光下大步前行，習慣了順遂，習慣了別人只要跟不上我們的腳步我們就產生憐憫的心情，這其實是一種優越感的變形。

當然，這不是說你不善良，同情心當然也很重要，只是在同情、在鼓勵之外，也許還有更重要的東西。

問：不鼓勵，那麼要做什麼？

答：實際上，很可能對方僅僅是需要陪伴，需要再普通不過的相處。

漫畫二十世紀少年說：「普通的活著也很重要。」

7-11裡的女工讀生，就是小恩最普通的朋友，兩個人無關利害地、有一陣沒一陣的相處，其實是小恩心中很大的穩定力量。

問：聽得有點感動。

答：我們無法時時刻刻堅強。

問：很多讀者都說，這次的殺手故事有太多色情的畫面了，似乎不大妥當？

答：靠，最好是寫援交妹的故事，可以每次都用遠鏡頭呼攏一下就帶過去那些幹來幹去的畫面啦！

問：所以只要劇情需要，就不管色情不色情嗎？還是你覺得《殺手，流離尋岸的花》裡的性畫面，其實是藝術，不是色情？

答：有藝術那麼高檔嗎？那種東西聽起來很貴，我吃不起。

就當作是色情吧。因為這個世界上就是有五彩繽紛的色情，淚流滿面的色情，沒有任何正面意義的色情，發瘋癲狂的色情，脫了褲子就上的色情，情慾僨張的色情，野獸碰撞的色情，貪婪掠奪的色情，關上了燈就無所謂誰是誰的色情。

我是一個創作者，我只想寫出令我滿意的作品，也相信這個作品充滿了生命的力量，也許這個生命體擁抱了巨大的殘缺——但如此便足夠。

如果大家也喜歡，就算是賺到的。

問：如果有家長寫信向你抗議呢？

答：不做什麼吧，既然我都在這裡回答了我的理念。

問：不怕因為很多讀者無法接受你的改變，從此不再看你的書了嗎？

答：我沒有變。如果有，大概就是變得更相信自己了。

如果要說怕，我更怕我自己失去了創作的自主性。

我覺得創作不該被任何意識形態給綁架。我就是我，我在各種題材裡尋求更猛烈的可能，也很希望在跨越題材的過程中勾引讀者跟我一起跨越。

我覺得，廣泛的創作是超越極限的才能。廣泛的閱讀是一種昂首闊步的包容。

我與我的讀者，一直如此並肩作戰著。

問：多少可以理解了。然而有很多讀者在連載時不斷為小恩抱不平，覺得未免也太折磨她了吧？有必要將她的經歷寫得那麼慘嗎？

答：相對於吉思美的「因為弱，所以強」那種積極性，小恩表現的是人生被壓榨到盡頭、還是無法迸發出強有力控訴的悲哀。

是的，小恩的人生很慘，但真正慘的並不是她被欺負的部份，雖然那已是令任何人都難以承受的經歷。很多讀者讀到咬牙切齒，我寫的時候也不好受。

站在小恩的人生視野來感受，每個人應該都會同意小恩最受傷的，其實是她與鐵塊相遇、卻又失去他的浩瀚寂寞。

問：故事最後的「拋刑」非常殘忍，為什麼要讓這種酷刑折磨小恩？

答：與其說命運降臨在小恩身上，不如說，小恩是自己撲向了命運。

問：未免也太痛了吧？

答：鐵塊已經帶走了她。

問：（青筋）為什麼沒有讓義雄或是瑯鐺大仔遭到報應？

答：在這個故事裡，他們僅僅是盡到了身為黑道的本分，鐵塊也僅僅是執行了他身為殺手的職責。在以命為籌碼的對決中鐵塊輸了，當然得付出代價。

而小恩，她才是真正有選擇的人。

既然她要復仇，以她有限的能力，她的死也是一種對等的代價。

問：可他們那麼壞！怎麼可以就這樣放過他們！

答：這麼喜歡看報應的故事，不會去看三立的台灣民間故事啊？

問：可是故事就這麼結束，讓人整個很悶很難受啊！

答：殺手系列五應該可以治好你的悶，估計起來，殺手系列五很可能是最狂風暴雨的故事，賞你一個痛快！

問：以前你曾說過，你在寫每個長篇小說結局的時候都會哭，這是真的嗎？

答：沒錯。我覺得自己能有這樣的情緒也挺好的。

問：那麼這次呢？在寫鐵塊結局的時候也有哭嗎？

答：這次寫殺手結局的時候旁邊有很多人，所以沒有辦法好好地哭，怕被笑，也怕大家問我是在靠么什麼打斷我，算是奇特的經驗。我拼命壓制情緒寫到鐵塊再度「出現」的時候，終於忍不住走到廁所假裝要大便，坐在馬桶上好好流了一下眼淚。

問：在小恩之前幫鐵塊唸蟬堡的女人，究竟是誰呢？是新的還是舊的角色？

答：祕密。

問：鐵塊隔壁無人居住的房間傳來的藍雨，到底是怎麼回事？

答：預計在殺手系列六會揭開這個祕密吧。

問：怎麼那麼多不能說的秘密啊？還有還有，小恩決意為鐵塊報仇時，她在郵政信箱裡寫的那些信跟錢，也沒有明確給個交代？

答：不是沒有明確，而是根本就沒有交代。現在只能說，這是殺手系列五的重要線索之一。不管耐心是不是美德，總之要有耐心。

問：你是早有安排，還是現在才要開始想？

答：別拿你普通的腦袋秤量我的天才。

問：（怏怏）為什麼鐵塊會把自己身為殺手的事告訴小恩？那不是違反了殺手的規約嗎？這不是不合邏輯嗎？

答：這跟鐵塊的過去有關吧。不見得有人跟他解釋過或教導過殺手的三大法則與三大職業道德，鐵塊這種型的男人，多半是靠本能做事。你沒注意到，鐵塊對如何拿到蟬堡也是一知半解嗎？

問：請問鐵塊的過去究竟是什麼？始終都很讓人好奇啊！

答：鐵塊在二十年前，是一個青少年鐵塊。在三十年前，鐵塊是一個連我都可以打倒的小不點鐵塊。

問：幹。

答：不客氣。

問：……那豺狼呢？他為什麼不接義雄的電話，去廢屋吃鐵塊？

答：他被鐵塊揍了那麼一頓，能不死掉已經是奇蹟了。

問：那後來呢？豺狼怎麼了？

答：豺狼是一個非常傳奇的殺手，被另一個殺手傳奇打了個半生不死，在那之後發生了什麼事——當然也是個傳奇。如果真有興趣可以參考一下《殺手，風華絕代的正義》，裡面有一些蛛絲馬跡，若加上《殺手，登峰造極的畫》裡的鷹的故事，把時間序列整個抓清楚，就可以推敲出奄奄一息的豺狼的下落。

問：說到出版，這次的殺手很特別，只有單一個故事，有什麼特殊意義嗎？

答：這次寫著寫著，每天只養一、兩千個字，故事還是慢慢肥了起來。

我想說竟然這麼厚了，紙價也越來越貴（據說每個月紙漿的價格平均都會比上個月貴5%，且持續上漲中），如果再加上我繼續寫完的幾個殺手，那殺手系列四的實體書就會更厚，定價就會重到大家直接用搶的。

我不想這樣，這幾年書店經營不易，再被讀者接力搶書、偷書、幹書，直接造成書店虧損，間接造成警察局爆滿讓警力調配不足，筆錄製作用的紙需求大量增加後又會造成紙漿價格上漲的惡性循環，另一方面，警力都在忙著筆錄沒時間抓壞人，將衍生出更巨大的社會犯罪問題——可不是我創作的本意。

問：講真的啦！

答：另一個原因是，我暫時不想寫殺手了。這次小恩的離去耗盡了我面對這一系列故事的能量，逼得我有點鬱鬱不樂。這種狀況並不罕見，通常我可以深呼吸便又轉戰下去，但這次我想先沉澱一下。反正不管了，先單獨出這個故事就是了……怎麼，不高興嗎？

問：沒有。（大驚！）

答：嗯。

問：書裡那兩個警察真的很壞，請問你對警察有偏見嗎？

答：怎麼可能。只是書中需要擁有足以對小恩施以公權力、並交換肉體性交的角色，我想除了警察，很不好找到同等質性的職業，正好有時候報紙跟雜誌也常常披露某些壞警察魚肉鄉民的「事蹟」跟白嫖等跟故事裡隱隱相符的新聞，所以我也不覺得自己是刻意抹黑警察。只是，對不起了，大部份的好警察們，希望你們不要介意。

問：下一個殺手系列的故事是哪些類型的殺手？什麼時候會推出呢？

答：應該是一篇以黑道鬥爭為背景的三個故事，卻又各自以巧妙的方式與「流離尋岸的花」接縫，當然了，也跟之前三本書的故事皆有相關。但沒差啦，沒看過其他的故事也可以獨立看，就跟這次的故事一樣，喂！你要是沒看過其他的殺手故事，有差嗎？少點驚喜與恍然大悟的感覺罷了。

問：那請問什麼時後會推出呢？

答：殺手系列五自然是很精彩的了，反正還沒寫出來，我說有多精彩就有多精彩，喏，大概就是這麼精彩（兩隻手撐得很開很開）。以前我寫過的故事通通加起來都沒有殺手五來得精彩！

問：不是，我們當然知道你寫的一定是很精彩的了，只是到底什麼時後會完成殺手五呢？

答：我了解大家對殺手G的喜愛，一直在我的網誌裡靠么快點讓殺手G再出來晃一下，秒掉幾個敗類也好。好啦，我會認真考慮一下啦！

問：不是不是，你完全聽錯了，殺手五的發表時間預定在……

答：我要去約會了，寫好小說的最關鍵訣竅，除了正確的姿勢（全神貫注！），認真生活也是很重要的喔！掰掰！

問：等一等，還有那個《罪神》，現在不是已經2007年底了嗎……喂！喂！

殺手穿流離尋岸的花／九把刀著. -- 初版
-- 穡北市：春天出版國際, 2008. 01
面； 公分. --（九把刀電影院；8）
ISBN 978-986-6675-05-8（平裝）
857.7
國家圖書館出版品預行編目資料

殺手，流離尋岸的花

九把刀電影院 8

作　　者◎九把刀
作家經紀／活動洽詢◎群星瑞智藝能有限公司（02-55565900）
企劃主編◎莊宜勳
封面設計◎矞永眞
排　　版◎浩瀚電腦排版股份有限公司

發 行 人◎蘇彥誠
出 版 者◎春天出版國際文化有限公司
地　　址◎台北市信義路四段458號3樓
電　　話◎02-7718-0898
傳　　眞◎02-7718-2388
E-mail ◎frank.spring@msa.hinet.net
網　　址◎http://www.bookspring.com.tw
部 落 格◎http://blog.pixnet.net/bookspring
郵政帳號◎19705538
戶　　名◎春天出版國際文化有限公司
法律顧問◎蕭顯忠律師事務所
出版日期◎二〇〇八年一月初版一刷
二〇一七年二月初版一〇七刷
定　　價◎260元

總 經 銷◎楨德圖書事業有限公司
地　　址◎新北市新店區寶興路45巷6弄6號5樓
電　　話◎02-8919-3186
傳　　眞◎02-8919-5524
印 刷 所◎鴻霖印刷傳媒股份有限公司

ISBN 978-986-6675-05-8
Printed in Taiwan